Rückkehr in die Ewigkeit

Für meine Frau Beate in ewiger Liebe...

Dieter Reinecker

Rückkehr in die Ewigkeit

Roman

*Bibliografische Information der Deutschen National-
bibliothek:*
*Die Deutsche Nationalbibliothek verzeichnet diese
Publikation in der Deutschen Nationalbibliografie;
detaillierte bibliografische Daten sind im Internet
über http://dnb.dnb.de abrufbar.*

*Herstellung und Verlag: BoD – Books on Demand,
Norderstedt*

ISBN: 978-3-734793097

Kapitel 1

„Wieso verstehen Sie unsere Sprache? Sie sprechen deutsch ohne Akzent. Wenn wir es nicht genau wüssten, könnten wir es nicht glauben, dass Sie nicht von dieser Welt sind..."

Dr. Weigell mit zwei L runzelte die Stirn und starrte durch die dicke Scheibe aus Sicherheitsglas geradezu in die hellen, fast zitronengelb schimmernden Augen seines Gegenübers. Der Mann aus dem Weltall, wenn es sich überhaupt um einen Mann handelte, hielt dem Blick stand und antwortete ohne jede Gefühlsregung. Aber er antwortete nicht kalt, sondern eher verständnisvoll. Er beugte sich ein wenig zum Standmikrofon, seine Hände weiterhin hinter sich versteckt haltend, und antwortete:

„Wörter, Sätze, Texte, ob geschrieben oder gesprochen, unterliegen erkennbaren Strukturen und spiegeln die gedankliche Welt der Gehirne wider, die sie produzieren. Diese Strukturen kann man komprimieren und als kompakte Dateien internalisieren. Der intellektuelle Transformationsprozess gleicht einem Lernprozess ohne Beschränkungen subjektiver Wahrnehmung und ohne Annexion individueller Affekte. Auch Gott hat dazugelernt."

Weigell drehte seinen Kopf in die Richtung der Zuschauergruppe und fing den Blick von Dr. Zurhove auf. Dr. Zurhove war nicht nur Hirnforscher, sondern auch studierter Theologe und stritt sich seit Jahren mit den Evolutionsbiologen im Institut über die Existenz Gottes. Dr. Weigell wandte sich wieder an die außerirdische Person. Um seiner Frage ein stärkeres Gewicht zu verleihen, richtete er sich auf:

„Wollen Sie damit sagen, dass auch Sie Geschöpfe Gottes sind?"

„Ja", war die klare und unmissverständliche Antwort hinter dem Glas. Ein Raunen ging durch die Zuschauergruppe. Dr. Weigell sah, dass Dr. Zurhove unauffällig wohlwollend nickte.

„Haben Sie bewusst die Erde angesteuert?"rief ein junger Wissenschaftler von der hintersten Reihe.

„Ja. Und ich freue mich, und das meine ich sehr ernst, dass Sie unser Raumschiff nicht angegriffen und zerstört haben. Das war unsere größte Sorge. Wir wissen um die immer noch vorhandene Aggressivität der Erdenmenschen. Wir mussten mit allem rechnen und haben uns daher Ihrer Technik, zu mindestens vom äußeren Erscheinungsbild bedient."

„Das kann man wohl sagen. Wir konnten uns nicht vorstellen, dass man uns einen Besuch aus dem All mit einem Propellerflugzeug abstattet. Das war schon sehr clever. Erst im letzten Moment erkannten wir, dass sich die Propeller gar nicht bewegten und das Flugzeug trotzdem keine Bruchlandung hinlegte, sondern geräuschlos wie auf einer Eisbahn landete. Außerdem ist unser Tower davon ausgegangen, dass Ihre Technik ausgefallen sein musste, da es überhaupt keinen Funkspruch gab und keine Anfrage-Erlaubnis zur Landung. Unsere Feuerwehrleute haben auch nicht schlecht gestaunt, dass nur eine Person an Bord war, nämlich Sie, in einem grauen Anzug mit einer grauen Fliege und einem breitkrempeligen gelben Flanellhut aus den zwanziger Jahren des vorigen Jahrhunderts."

Der Mann aus dem Weltall hätte eigentlich schmunzeln müssen, aber er tat es nicht. Er war nicht gefragt worden, also sagte er wohl auch nichts. Dr. Zurhove hob seinen rechten Arm wie ein Schuljunge, der den Lehrer animieren wollte, ihn „dran" zu nehmen. Dr. Weigell nickte und Dr. Zurhove ergriff das Wort:

„Wie möchten Sie, dass wir Sie ansprechen? Haben Sie in Ihrer Welt auch Einzelnamen? Ich habe nämlich, wie man sagen könnte, sehr persönliche Fragen, besonders zum Thema Gott."

Das Gesicht von Dr. Zurhove errötete sich leicht und seine Nervosität war ihm anzumerken. Dr. Weigell ergriff mit beiden Händen die Tastatur vor seinem Monitor. Sein Gehirn schien an Fragen überzuschwappen. Eine merkwürdige Freude entlud sich wie ein speiender Vulkan. Seine Aufregung stieg ins Unermessliche.

„G, A, B und I, GABI", quoll langsam aus den Lautsprechern. Schmunzeln und ein sanftes Kichern überzog die Zuschauer.

„Erst G, dann A, dann B und dann das I für die Region. Das sind Geburtskoordinaten, die sowohl die genetische Herkunft, als auch die Zeitachsen kombinieren. Wir wissen natürlich, dass Erdenmenschen einige weibliche Exemplare so bezeichnen, aber auf unserem Planeten gibt es keine Geschlechter wie bei Ihnen. Erst als wir das Klonen, das Sie auch bereits entwickelt haben, bei uns durchführten, haben wir uns im wörtlichen Sinne vermehrt. Aber diese neuen

Mitbewohner hatten und haben eine begrenzte Lebensdauer. Die Unsterblichkeit ließ sich bis jetzt noch nicht mitklonen. Wir haben das Programm beendet und forschen nur noch nach der Möglichkeit, die Unsterblichkeit bei den bereits existierenden Wesen zu entwickeln. Durch diese neuen Wesen waren zum Teil verheerende Verhältnisse entstanden, die der Ihren sehr nahe kommen. Ich bin als Klonwesen dem Tod sowieso ausgeliefert und habe mich daher für diese Expedition entschieden, in der Hoffnung, vielleicht hier etwas zu finden, dass mich länger leben lässt. Denn wir wissen, dass die Erdenmenschen schon seit ihres evolutionären Sprungs vom Tierreich daran arbeiten, ihre Lebensdauer zu verlängern."

„Wollen Sie damit sagen, dass Sie sterblich sind, weil man Sie geklont hat und Ihre Erbauer, oder wie man sie nennen sollen, unsterblich sind?" Zurhoves Stimme begann zu zittern.

„Ja."

Die Antwort war so klar und mit einer Selbstverständlichkeit ausgesprochen, die nicht nur keinen Widerspruch zuließ, sondern eine brutale Stille im Raum schuf. Das Gehörte war nicht begreifbar, es bereitete Schmerzen, waren doch alle Anwesenden vom Sterben bedroht, der Tod für alle unausweichlich. Dr. Weigell stellte sich seiner Aufgabe als Interviewer und Sprecher der wissenschaftlichen Zuhörergruppe. Er holte tief Luft, aber es kam nicht mehr heraus als:

„Das ist unglaublich."

Da Herr GABI nur auf Aufforderung sprach und nicht einfach los plapperte, blieb er stumm. Als Klonwesen war er so sozialisiert, absichtlich, denn es hatte sich als eine gewisse Art von Tugend herausgestellt, dass im Sprechen Sinn zu sein habe. Irgendwie warteten alle darauf, dass Herr GABI beginnen würde zu erzählen. Aber er blieb stumm. Pausen zum Denken waren Menschen in allen Zeiten zuwider und unangenehm. So konnte Dr. Zurhove nicht länger an sich halten und musste weiter fragen:

„Sie behaupten, Ihre Schöpfer seien Geschöpfe eines Gottes und sie, also nicht Sie meine ich, sondern nun mal eben die besagten anderen auf Ihrem Planeten seien unsterblich?"

„Ja."

Da war sie wieder, diese Stille. Dr. Zurhove gewann langsam seine Sicherheit zurück und fühlte Irgendwie in dem Außerirdischen einen Mitstreiter im Kampf gegen seine atheistischen Mitwissenschaftler.

„Herr GABI, wenn ich Sie so nennen darf", er wollte eigentlich weitersprechen, wurde aber durch ein kräftiges

„Ja" unterbrochen und wiederholte sich.

„Also, Herr GABI, vielen Dank. Also, was verstehen Sie unter Gott? Wenn ich Sie richtig verstanden habe, gibt es Ihrer Meinung nach einen Gott?"

„Ja."

„Einen Gott, der alles erschaffen hat?"

„Nein. Mich hat er nicht erschaffen. Ich bin ein Klonwesen, darum sterblich. Sie sind Erdenwesen aus dem Tierreich, darum sterblich, aber vom Ursprung her eine Schöpfung Gottes. Aufgrund Ihrer Evolutionsgeschichte hat Gott auf unserem Planeten seinen Fehler korrigiert und alle Zeitlosen auf einmal geschaffen und zwar genau so viele, wie der Planet an Nahrung zur Verfügung stellt. Darum brauchten sie sich nicht zu vermehren und sich nichts gegenseitig wegzunehmen, geschweige sich gegenseitig umzubringen."

Weigell hatte den Eindruck, dass Herr GABI gesprächiger wurde. Der Eindruck war richtig, aber nicht die Ursache. Herr GABI lernte unentwegt hinzu und passte sich den Ansprüchen und Gewohnheiten der Erdenwesen an. Mehr nicht. Aber es führte dazu, dass seine Ausführungen umfangreicher wurden. Dr. Weigell ergriff wieder das Wort, weil er wohl über eine Spitzfindigkeit von Herrn GABI ihn möglicherweise doch noch der Scharlatanerie überführen wollte:

„Wenn Sie, also Ihre Erbauer, oder wie soll man sie nennen, wenn also Ihre Erbauer unsterblich sind, können sie sich ja auch gar nicht töten."

„Ich fasse Ihre Vermutung als Frage auf. Wir haben es noch nicht versucht. Es hätte keinen Sinn ergeben. Wir sind nicht aus dem Tierreich. Bei uns gibt es keine Tiere. Darum verstehen wir auch euch nicht, wie man Tiere, die evolutionsbiologischen Vorfahren, töten und verspeisen kann. Wir ernähren uns von dem, was Sie Früchte nennen. Aber diese Früchte entstehen nicht wie auf Ihrem Planeten der Erde aus Blüten, sondern direkt aus den Pflanzen wie bei Ihnen die Feigen, die direkt oder auch aus Blüten bestehen. Außerdem haben wir ein verbessertes Selbstheilungs- und Immunsystem, sodass selbst schwere Verletzungen durch Unglücke ohne Hinzufügung von Heilern sich wieder regenerieren. Gottes erster Versuch auf der Erde füllt bis heute die Krankenhäuser. Wir hatten lange Mühe, eure Begriffe wie Elend, Hunger und Not und Tod zu verstehen, bis wir selbst anfingen zu klonen und nun nicht weiter wissen."

Der Mann aus dem All hatte bis jetzt vor dem Mikrofon gestanden. Das Sprechen schien ihn doch sehr anzustrengen. Weigell spürte diese Anstrengung. Herr GABI setzte sich auf den verchromten Stuhl ohne Armlehnen und legte seine Hände parallel auf seine Knie. Es waren auffällig kleine Hände, Kinderhände. Dr. Weigell spürte mit den Händen seine eigenen Knie.

Vor der riesigen Glaswand im Zuschauerbereich begann ein leises Tuscheln, Grummeln und Flüstern.

Plötzlich war ein mechanisches, metallisches Summen zu hören. Die zwanzig Herren drehten sich um, da sich die hintere Isolationstür langsam automatisch öffnete und der Vorsitzende des Wissenschaftsrates, Prof. Dr. Lohaus, in einen hell-grünen Kittel gehüllt, den Vorlesungssaal betrat.

Als er sah, dass die ganze Aufmerksamkeit nun auf ihn gerichtet war, blieb er stehen. Im Raum wurde es gleichzeitig still.

„Verehrte Kollegen. Sie können mir glauben, dass ich Ihnen Herrn GABI erst vorgestellt habe, nachdem ich mich überzeugt hatte, dass wir es hier tatsächlich mit einem Wesen zu tun haben, das wir nicht zuordnen können."

Seine Stimme begann leicht zu flattern. Er blickte zur kleinen Bühne hinter der Scheibe zu Herrn GABI und während er den Kopf schüttelte, sprach er leise weiter:

„Wir stehen hier nicht nur vor einem wissenschaftlichen Problem, hier steht die Menschheit vor dem größten Problem ihrer eigenen Geschichte und Sie hier und ich, wir allein sind verantwortlich. In unserer Gewalt … in unserer Macht … wir müssen entscheiden … wir wissen noch nicht einmal, worüber wir entscheiden sollen. Liebe Kollegen, ich bin auf Sie angewiesen. Erstens auf Ihre absolute Verschwiegenheit, die sie alle geschworen haben und von der ich nun auch ausgehen muss und auf Ihre uneingeschränkte Mithilfe. Ich weiß, da ich es selbst in der letzten Woche durchstehen musste, dass es mehr als schwer ist, nach Dienstschluss nach Hause zu gehen und der eigenen Frau, den Kindern oder besten Freunden nichts, aber auch gar nichts zu berichten. Wir können es uns nicht einmal erlauben, unserer Regierung, dem Weltsicherheitsrat oder sonst irgendjemanden einzuweihen. Meine Fantasie, nein, die Fantasie von uns allen hier wird nicht ausreichen zu erfassen, wie die Welt auf diese Entdeckung reagieren wird. Ich persönlich befürchte das Schlimmste. Wir wissen noch nicht einmal, ob das, was der sogenannte Herr GABI von sich gibt, nur eine Täuschung ist, um dann im nächsten Schritt die Menschheit auszumerzen oder zu versklaven. Wir haben es auf jeden Fall mit einer extrem hohen Intelligenz zu tun, die wir auf keinen Fall unterschätzen dürfen. Er behauptet, er sei alleine hier angekommen. Schon das allein ist für mich unvorstellbar."

Prof. Dr. Lohaus zitterte am ganzen Körper. Seine rechte Hand vibrierte, als er sich über die hohe, von

Schweiß glänzende Stirn und dann über die dünnen, weißen Haare fuhr.

Dr. Weigell erhob sich.

„Herr Professor, Sie können sich hier auf jeden Einzelnen absolut verlassen. Seit dem Bau der Atombombe ist uns Wissenschaftlern die Verschwiegenheit und die Verantwortung unserer Forschungen ins Gehirn geritzt worden."

„Verehrte Kollegen. Der Plan unseres Vorstandes war, Ihnen Herrn GABI erst einmal nur kurz vorzustellen, damit Sie ausreichend Zeit bekommen, sich mit diesem Phänomen, sagen wir mal, anzufreunden, soweit das überhaupt möglich ist. Wir haben Herrn GABI nun bereits eine Woche in der Quarantänestation und unter Beobachtung. Heute Abend wird der erste Bericht verfasst, über alles, was wir gesehen und erkannt haben. Herr GABI hat sich bereit erklärt, sich auch körperlich untersuchen zu lassen. Unsere Mediziner, ein Internist, ein Anthropologe und ein Neurologe haben bereits einen Kernspin vorbereitet. Die Ergebnisse sollen in drei Tagen vorliegen. Unser Vorstand besteht aus drei Personen, dann die drei Mediziner und Sie sind neunzehn Wissenschaftlern aus allen Wissenschaftsbereichen der Grundlagenforschung. Nur wir fünfundzwanzig Menschen wissen über die Existenz von Herrn GABI. Und das soll und muss auch so bleiben, bis wir uns anders entscheiden. Der Vorstand hat mich beauftragt, Ihnen jeglichen Alkoholgenuss zu verbieten. Wir dürfen keinen Fehler, absolut keinen Fehler machen. Die möglichen Folgen wären unabsehbar.

Bitte gruppieren Sie sich in wissenschaftlich sinnvolle Abteilungen und arbeiten in diesen Gruppen alle Fragen und Themen aus, die uns hier weiterbringen."

Das Licht hinter der Scheibe verschwand und mit ihm die Kontur der außerirdischen Person. Tief beeindruckt, regelrecht sprachlos schritten die Wissenschaftler zur Tür hinaus in den hellen, grell erleuchteten Flur ohne Fenster. Erst hier löste sich langsam die Anspannung und ein gespenstisches Stimmengewirr durchströmte den kargen Gang.

Dr. Weigell starrte auf seinen schwarzen Monitor, auf dem sich fast unmerklich kleine weiße Punkte bewegten. Dann blickte er zur Tür, die zum Flur führte. Er hörte auffällig viele Stimmen. Normalerweise ist dieser Flur menschenleer. Er stand auf und ging hinaus. Einige Kollegen waren bereits rechts am Ende des Flures angelangt. Da kam von links Dr. Zurhove und ein jüngerer Mann, einen halben Kopf größer, schlaksig mit langen, glatten, schwarzen Haaren. Er nahm an seiner Seite den Schritt auf. Dann hörte Dr. Weigell den jungen Mann sagen:

„Mein Name ist Morrison, Mike, Mike Morrison. Ich bin Sozialforscher aus Philadelphia, USA, komme eigentlich aus der Physik und habe aber Philosophie und Theologie studiert, Bachelor, und habe meine Heimat aber dann in der Soziologie gefunden – Menschen in Raumschiffen. Bitte seien Sie so freundlich und nehmen Sie mich in Ihre Gruppe auf!"

Man konnte seinen amerikanischen Akzent erkennen, aber sein Deutsch war perfekt. Dr. Zurhove blieb vor Weigell stehen und streckte an ihm vorbei die Hand entgegen und sagte gleichsam beiläufig:

„OK, Mister Morrison, Herr Dr. Weigell wird sicherlich nichts dagegen einzuwenden haben."

Weigell schüttelte den Kopf und reicht ihm auch die Hand.

„Wir sind auf dem Weg zur Kajüte, ist doch OK für Sie?" fragte Dr. Zurhove Herrn Morrison. Dr. Weigell schloss sich wie selbstverständlich den beiden an.

Das Wissenschaftszentrum befand sich zwar zwischen Hamburg und Wilhelmshaven, aber die Mitarbeiter kamen aus der ganzen Welt hierher, um fächerübergreifend zu forschen und sich auszutauschen. Die Architekten hatten sich daher etwas Besonderes einfallen lassen, eine Kantine, bestehend aus unzähligen kleinen Sitzecken, zum Teil sogar mit einer eigenen Tür oder nur mit Wänden abgetrennten kleinen Räumen in dem jeweiligen Ambiente der Herkunftsländer. Es gab sogar eine bayrische Stube, eine japanische und brasilianische Ecke mit Dekopalmen und eben auch diese besagte Kajüte im Stile eines Seemannskutters.

An der Rückwand hing ein Flachbildschirm mit den aktuellen Speisen und Getränken, die man per Touchscreen bedienen konnte.

Es war ein runder, rustikaler Holztisch mit sechs Holzstühlen, deren Sitze geflochten waren.

„Hier haben wir genug Platz, um uns kulinarisch auszubreiten", schwärmte Dr. Zurhove. Mike Morrison wartete, bis die beiden älteren Kollegen ihren angestammten Platz eingenommen hatten.

„Ich kann Ihnen durchaus unseren Labskaus empfehlen, wo wir doch hier an der Küste sind", erklärte Dr. Weigell. Mike Morrison sah ihn fragend an:

„Labs was? Ich muss leider gestehen, dass ich ein solches Gericht nicht kenne. Oder war das nur ein Spaß?"

„Franz-Helmut, das ist dein Part. Erklär´ doch mal unserem Greenhorn, was Labskaus ist!"

Dr. Zurhove, also Franz-Helmut, stand auf und drehte sich beim Sprechen zum Bildschirm an der hellblauen Rückwand:

„Ich bestell´ am besten für uns drei Labskaus und ein friesisches Pils dazu."

Und während er in Sekundenschnelle den passenden Button drückte und keinen Widerspruch duldete, erklärte er:

„Für die klassische Zubereitung wird gepökeltes Rindfleisch in etwas Wasser gekocht und mit eingelegten Rote Bete, Salzgurken, Zwiebeln und Matjes durch den Fleischwolf gedreht. Anschließend wird es in Schweineschmalz gedünstet und in der Kochbrühe gekocht. Zum Schluss werden Stampfkartoffeln untergerührt. Dann kommt der Labskaus mit Rollmops oder Bismarckhering, Spiegelei und Gewürzgurke auf den Tisch."

„Das klingt ja fast so außerirdisch ..."

„Moment", unterbrach Dr. Zurhove Herrn Morrison:

„Haben Sie unser Versprechen vergessen? Das geht hier gar nicht, nicht einmal andeutungsweise!"

Der Tonfall war zu hart für die sich entspannende Situation. Dr. Zurhove hatte es wohl sofort selbst gemerkt, aber Dr. Weigell kam ihm noch zuvor:

„Franz-Helmut, er hat ja noch nichts gesagt. Ich weiß, dass wir alle absolut angespannt sind und dass uns das ganze Thema völlig überfordert. Wir werden morgen im Sicherheitsbereich mal alles genau besprechen, was wir und wie wir außerhalb darüber reden können. Hier muss jetzt erst einmal Schluss sein. Guck dir mal unseren Jungspund an. Du hast ihn derart schockiert, er ist ganz blass im Gesicht. Ach die Getränke kommen."

Eine ältliche Bedienung mit weißer Schürze und einem runden Tablett stellte vor jeden Gast ein Glas ab und fragte höflich.

„ Auf welche Nummer darf ich das eingeben?"

„Bei mir", überschlug sich sofort Dr. Zurhove. „Das ist ja wohl Ehrensache."

„Das Essen geht auf meine Nummer, die kennen Sie ja, Gertrud, Ihr seid natürlich meine Gäste. Herr Morrison, entschuldigen Sie noch einmal. Wie Sie unschwer erkennen können, ist das für uns alle keine alltägliche Situation. Wo hat man Sie eigentlich untergebracht?"

Bevor Mike Morrison antworten konnte, hob Dr. Zurhove sein schlankes Pilsglas mit der weißen Schaumkrone und sagte:

„Zum Wohle, meine Herrn, auf eine erfolgreiche Zusammenarbeit!"

Sie hoben die Gläser wie ehemalige Burschenschaften, wischten sich mit einem genüsslichen Aahh den Schaum von der Oberlippe und setzen sich wieder.

„Im Youth – Hospital am Deich bei Otterndorf", ergriff Morrison das Wort.

„Oh, mein Gott, das sind ja noch über fünfzig Kilometer von hier, und ob dahin mitten durchs platte Land heute Abend noch Busse fahren, wage ich zu bezweifeln", argwöhnte Dr. Weigell.

„Das sieht wirklich schlecht aus", warf Dr. Zurhove ein.

„Herr Morrison, was halten Sie von dem Vorschlag, bei mir zuhause zu übernachten, meine Frau würde sich garantiert freuen und meine Töchter…"

Dr. Weigell stoppte mitten im Satz. Das Essen wurde serviert.

„Vielen Dank, wenn ich Ihnen nicht zur Last falle. Ich freue mich, Ihre Familie kennen zu lernen, vielen Dank."

Herr Morrison stand auf, beugte sich höflich vor und streckte Dr. Weigell seine rechte Hand entgegen.

„Nicht so förmlich. Wir sind zwar alle hier für dieses Projekt kurzfristig berufen worden, aber ich geh` davon aus, dass es für länger sein wird. Wir werden uns zusammenraufen müssen, so oder so, aber lieber so…" und erhob sein Glas, hob es in Richtung Morrison hoch und sagte weiter:

„Sie gefallen mir, mein junger Freund, wenn wir schon dabei sind, Mike, ich bin Stephan."

Morrison nahm diese Einweihung gerne entgegen und auch Dr. Zurhove empfahl sich als Franz-Helmut. Morrison sah man an, dass er mit dieser persönlichen Anbahnung sehr zufrieden war, aber es ging ihm doch alles zu schnell oder auch zu glatt. Geschickt zog er aus der Innentasche seines Jacketts sein Mobil-Telefon und fingerte scheinbar suchend nach der entsprechenden App.

„Ich habe Glück, ein letzter Shuffle fährt noch um null Uhr. Das kommt mir gut aus. Und außerdem, Ihre Frau wäre gar nicht auf Besuch eingestellt. Aber ich komme auf Ihr Angebot zurück, ganz sicher, versprochen."

Dr. Weigell akzeptierte diese Wendung mit einen Kopfnicken und spürte innerlich sogar eine sanfte Erleichterung. Seine Frau war zwar sehr aufgeschlossen, gerade auch Fremden gegenüber, aber es wäre doch in gewisser Hinsicht eine Art Überfall gewesen, so mitten in der Nacht.

Kapitel 2

„Meine Herren, im Namen des Vorstands begrüße ich Sie zur zweiten, sagen wir mal, Konfrontation mit Herrn GABI. Zuvor will ich Ihnen aber den Stand der bisherigen Analysen darlegen. Bei unserem gemeinsamen Treffen vor drei Tagen haben Sie sich einen ersten Eindruck verschaffen können, der mehr Fragen als Antworten produzierte, um nicht zu sagen: provozierte. Unsere eingeweihten Neurobiologen, Biologen und Mediziner haben die letzten drei Tage und Nächte damit verbracht, Herrn GABI zu untersuchen. Nach allem, was sie feststellen konnten, handelt es sich um einen gewöhnlichen Menschen, einen Mann von 41 Jahren, ohne auffällige Anomalien. Er ließ auch alles ohne Kommentar über sich ergehen, so als wenn er absolut nichts zu verbergen hätte, was ihn aber für uns noch interessanter machte. Auch im Kernspin haben wir keine Auffälligkeiten erkennen können. Der eigentliche Widerspruch liegt in seinen Aussagen, seinen Ausführungen, die uns besonders in den Bann gezogen haben. Er bestand auch immer darauf, nicht nur von einer kleinen Gruppe befragt zu werden, sondern von möglichst vielen und er bestand immer darauf, dass all seine Aussagen aufgenommen, quasi beweiskräftig dokumentiert werden sollten. Er scheint, uns etwas mitteilen zu wollen, ohne es uns direkt zu sagen. Der andere Untersuchungsbereich ist das Flugobjekt. Und jetzt wird es besonders spannend. Es sieht wie eine Maschine aus den zwanziger Jahren aus, aber ohne Türen und Fenster, und die Propeller, die wir meinten zu erkennen, waren nur Lichtspiegelungen, also geschickte optische Täuschungen. Wir sind aus Sicherheitsgründen dem Flugkörper nicht näher als fünfzig Meter herangegangen. Ab diesem Radius haben wir aber Strahlungen gemessen, die uns bisher davor abgeschreckt haben, es näher zu untersuchen. Diese Strahlungen sind gekoppelt mit einem merkwürdigen Magnetismus, der anders ist. Einen solchen kennen wir nicht. Ganz plötzlich ab der Grenze von fünfzig Metern beginnt etwas Unheimliches, was eigentlich nicht möglich ist. Wir haben es hier entweder mit einer absolut neuen Technik und Konstruktion zu tun oder wir werden an der Nase herumgeführt. Es hat aber allen Anschein, dass wir es hier mit einem außerirdischen Wesen zu tun haben, das uns technisch und an Intelligenz weit überlegen ist. Darum, meine Herren: Wir halten alle

Vorsichtsmaßnahmen wie besprochen aufrecht. Gleich wird Herr GABI, wie er sich nennt, wieder hinter der Sicherheitsscheibe erscheinen und uns über Mikro zur Verfügung stehen. Bitte stellen Sie ihre vorbereiteten Fragen und achten Sie auf alle Kleinigkeiten, die uns eventuell weiterhelfen könnten."

Kapitel 3

Prof. Dr. Lohaus blieb an der hinteren Wand stehen, hob seinen linken Arm und rief in Richtung Tribüne:

„Führen Sie Herrn GABI herein!"

Die Seitentür hinter der breiten Sicherheitsglasscheibe, die vom Boden bis zur Decke nahtlos reichte, öffnete sich und Herr GABI betrat mit bedächtigen Schritten die Bühne und nahm in der Mitte hinter dem Mikrofon Platz. Es war nun auf Sitzhöhe eingerichtet worden und vermittelte einen entspannteren Eindruck als beim ersten Zusammentreffen mit der Wissenschaftlergruppe.

Die Reihen hatten sich mittlerweile gefüllt. Aus ihrer Mitte stand ein Kollege auf und wandte sich an den Mann hinter der Scheibe:

„Können Sie mich verstehen?" fragte er Herrn GABI direkt.

„Ja, sehr gut", antwortete er ruhig.

„Wir haben uns in unserer Gruppe ernsthaft gefragt, ob das hier nicht alles gefaked ist. Nach Rücksprache mit der Technik sind wir wieder sprachlos und irritiert. Ihr Flugzeug, Ihr Raumschiff, wenn ich das mal so sagen darf, ist von einem Magnetfeld umgeben, das wir in dieser Form und Art nicht kennen. Es erlaubt uns nicht, an das Objekt näher heranzutreten, oder besser gesagt, wir wissen nicht, was mit den Personen geschieht, die sich dieser magnetischen Strahlung aussetzen. Darum konnten und haben wir Ihr Raumschiff auch noch nicht weiter untersuchen können. Was sagen Sie dazu?"

Herr GABI dehnte seinen Oberkörper zurück und er schien tief Luft zu holen, als er zu sprechen begann:

„Da ich kein Raumfahrttechniker bin, kann ich Ihnen hier nicht alle Einzelheiten offenlegen. Aber Sie wundern sich ja heute auch nicht mehr, wenn Sie ihr Mobiltelefon benutzen, dass tausende von Kilometern ihre Wörter verstanden werden, im dem einen Gerät verschwinden und in einem anderen Gerät wieder herauskommen und sich nichts dazwischen befindet. Sie wissen um diese Wellen, aber Sie können sie nicht sehen. Diese Wellen kann man aber messen und wir haben Sie von unseren eigenen Satelliten aus gemessen und festgestellt, dass sie für die Erdenmenschen bedrohlich krank machend sind und trotzdem zunehmend Verwendung finden. Die Körper unserer Zeitlosen, der ONOS, sind sehr viel empfindlicher als menschliche Körper, weil sie göttliche Sphären sind, also in sich sind, auch wenn Sie das noch nicht begreifen. Solche Wellen bedrücken die göttlichen Sphären und schmerzen, während der Magnetismus nicht weh tut. So haben wir den Magnetismus unseren Bedürfnissen angepasst und ihn als Informations – oder besser als Transformationsmedium entwickelt. Wir nehmen im informativen Magnetfeld die uns wichtigen Informationen auf, so wie Sie Wellen als Stimmen wahrnehmen. Sie können bedenkenlos durch dieses Magnetfeld gehen. Es wird Ihnen nichts geschehen. Sie leben ja auch im Magnetfeld des Planeten Erde."

„Trotzdem wissen wir noch nicht, ob wir Ihren Ausführungen vertrauen können. Gegebenenfalls, wir erreichen das Raumschiff, wir haben keinen Eingang und keine Fenster gefunden."

„Von innen können wir hinausschauen."

„Und wie kommt man hinein, also auch heraus?"

„Die Molekularstruktur der Außenwand ist – um es verständlich zu machen – selbstheilend. Sie ist hart und weich gleichzeitig als Aggregatzustand. Auf spezifischen Druck öffnet sich die Materie und schließt sich dann wieder automatisch. Das hat viele Vorteile, wie Sie sehen."

„Herr GABI", fragte ein grauhaariger, pummeliger Wissenschaftler aus der ersten Reihe, wobei er aber sitzen blieb.

„Herr GABI, unsere Gruppe ist theoretisch davon ausgegangen, dass Sie von einem anderen, sehr weit entfernten Planeten zu uns gekommen sind. Der Vorstand hat uns dahingehend informiert, dass Ihr Ankommen von der ersten Sichtung bis jetzt geheim gehalten worden ist und weiterhin unter der schärfsten Geheimhaltungsstufe steht, die es je gegeben hat. Man hat, ohne Aufsehen zu erregen, die besten Wissenschaftler aus Europa und den USA hierher geholt und uns absolutes Schweigen verordnet. Das ganze Szenario, um nicht zu sagen, apocalyptic scanario, deutet darauf hin, dass unsere Verantwortlichen davon ausgehen, dass von Ihnen, beziehungsweise von Ihrem Planeten eine riesige Gefahr für die Menschheit zu befürchten ist. Merkwürdigerweise kommen Sie mir, also unserer Forschungsgruppe eher harmlos vor. Vielleicht ist das alles auch nur eine geschickte Tarnung und es wäre einfach zu naiv, seinen Henker zu fragen, was er vorhat."

„Verehrte Herren, verehrte Menschen", antwortete Herr GABI in einem auffällig gelassenen Tonfall.

„Wie kann man einen völlig fremden Planeten besuchen, ohne Angst und Schrecken zu verbreiten? Diese Frage haben wir uns am Anfang auch gestellt, aber sehr zügig beantwortet. Viel schwieriger war die Frage: Was können wir unternehmen, dass die aggressive Menschheit uns nicht unbesehen angreift und zu zerstören versucht. Wie können wir Ihnen beweisen, dass wir in friedlicher Absicht gekommen sind? Unsere Antwort sehen Sie vor sich sitzen. Wir müssen Ihnen maximal ähnlich entgegentreten. Darum haben wir Kleidung gesucht, die Sie auch tragen, leider nur siebzig Erdenjahre verfrüht oder verspätet, je nach Sichtweise. Ihre Vertreter haben mir Ihre historischen Filme vorgespielt und ich muss Ihnen gestehen, es war amüsant."

Ein weiterer, älterer Wissenschaftler in einem ausgebeulten grauen Anzug und einer bordeauxroten Fliege auf seinem weißen Hemd stand auf und fragte:

„Herr GABI, ich zähle zu den älteren Kollegen und erlaube mir die Frage nach den Unsterblichen, von denen Sie bei unserem ersten Treffen sprachen. Wenn sich wirklich herausstellen sollte, dass Sie von einem anderen Planeten kommen und uns nun die Behauptung aufstellen, dass es auf Ihrem Heimatplaneten Unsterbliche gibt, dann möchte ich doch zu gerne erfahren, was Sie eigentlich damit meinen!"

Er setzte sich wieder auf seine Platz und wartete gespannt auf eine Antwort.

„Wie ich Ihnen anfangs bereits berichtet hatte, bin ich auch sterblich, weil ich ein Klonwesen bin, entwickelt durch die technischen Errungenschaften der Onos, unserer Unsterblichen. Der Unterschied von den Onos zu mir und den anderen Klonwesen ist die Wiederherstellungsenergie der Onos. Im materiellen Bereich konnte man bereits dieses Wunder der Natur, um es mal in Ihren Worten auszudrücken, übertragen. Das haben Sie ja auch schon an unserem Raumschiff feststellen können. Diese Wiederherstellungskräfte konnten wir aber noch nicht bei uns, also den Klonwesen, aktivieren. Als wir aber vor langer Zeit die Signale von dem Planeten Erde empfingen, erkannten wir, dass es ich hier auch oder eher nur Wesen gab, die sterblich waren, obwohl sie in ihren Anfängen auch an die tausend Jahre – Erdenjahre, geworden sind."

„Ich glaube, hier geht jetzt doch einiges durcheinander", rief ein sehr jugendlich wirkender Mann aus der zweiten Reihe.

„Sie meinten doch die Unsterblichen, die anfangs tausend Jahre alt geworden sind, bevor sie unsterblich wurden?"

„Oh nein", widersprach Herr GABI „es geht um Ihre eigenen Dokumente der Menschheitsentwicklung, die von unserem gemeinsamen Gott diktiert worden sind. Ich meine die Bibel."

Das Raunen war nicht zu überhören. Die überwiegende Mehrheit der hier zusammengerufenen Wissenschaftler war ungläubig, atheistisch und viele aus ihren Religionen ausgetreten.

Dass sich nun Dr. Zurhove zu Wort meldete, war zu erwarten.

„Sie kennen also unsere Bibel?" fragte Dr. Zurhove.

„Ja, die Menschheit hat ihr Wissenspaket in den Weltraum geschickt, unter anderem auch ihre Bibel. Dokumente der aktuellen Mode waren nicht dabei, aber die von Luther übersetzte Version. Mich verwundert, dass Sie das Primärdokument ihrer Existenz besitzen, aber nicht kennen. Entweder wissen Sie nicht, was Sie glauben oder Sie glauben, was Sie nicht wissen. Das Gute des Menschen, was Gott am Ähnlichsten ist, ist sein Geist, sein Logos und dem widerspricht die Menschheit am meisten. Das ist für uns unerklärlich und nicht nachvollziehbar."

„Ich weiß nicht", antwortete Dr. Zurhove, „was Sie jetzt eigentlich sagen wollen. Ich sage es frei heraus: Ich verstehe Sie nicht."

Herr GABI schwieg nur kurz und machte den Eindruck, sich intensiv an etwas erinnern zu wollen.

„Ich weiß, dass Sie es nachlesen werden, daher werde ich die Stelle zitieren, die uns zuhause sehr beschäftigt hat: In dem ersten Buch Mose, der Genesis, Kapitel fünf steht wörtlich:

`Dies ist das Buch von Adams Geschlecht. Als Gott den Menschen schuf, machte er ihn nach dem Bilde

Gottes und schuf sie als Mann und Weib und segnete sie und gab ihnen den Namen Mensch zurzeit, da sie geschaffen wurden. Und Adam war 130 Jahre alt und zeugte einen Sohn, ihm gleich und nach seinem Bilde, und nannte ihn Set; und lebte danach 800 Jahre und zeugte Söhne und Töchter, dass sein ganzes Alter ward 930 Jahre und starb´.
So steht es jedenfalls in der Bibel.“

Im Saal war eine allgemeine Erstarrung spürbar. Man schaute sich um und gegenseitig kopfschüttelnd an. Dr. Zurhove ergriff wieder das Wort:

„Meine Herren, ich habe die Ahnung, dass es stimmen könnte, aber wir Theologen haben das stets als Symbol gewertet. Aber ich will mich nicht aus dem Fenster lehnen, sondern das nächste Mal die Bibel mitbringen, um diese Angaben zu verifizieren.“

Quasi erschöpft und sichtlich verwirrt setzte er sich.

„Mister GABI, so wie es aussieht, muss ich mich als Atheist doch wohl intensiver mit der Bibel auseinandersetzen. Ich bin Amerikaner und mein bevorzugtes Interessengebiet ist das Zusammenleben von Menschen, besonders in engen Räumlichkeiten, wie in einer Raumstation. In den Staaten, so kann ich Sie versichern, gibt es unzählige Phänomene von sogenannten UFOs und sehr viele Anhänger von Menschen, die fest von der Existenz von Außerirdischen überzeugt sind. Warum sind Sie nicht dort gelandet, sondern in Deutschland? War das Absicht oder Zufall?“

Mike Morrison hatte sich wieder gesetzt.

„Wir haben alle in Frage kommenden Landeplätze analysiert. Da wir senkrecht landen können, ähnlich wie Ihr Raumschiff auf dem Mond aufsetzte, haben wir überall die Möglichkeit, auf die Erde zu gelangen. Relevant für unsere Ankunft war aber der Friedensaspekt. Deutschland hat nach unserem Verständnis von friedlicher Sicherheit und geringster Aggressivität die besten Eigenschaften, während die USA neben China und Russland die gefährlichsten Landplätze geboten hätten. Deutschland ist das einzige Land der Erde, das eine eigenständige Friedensbewegung hat, aus den Erfahrungen der beiden Weltkriege gelernt hat und eine unblutige Wiedervereinigung realisiert hat. Daher traf unsere Auswahl Deutschland und wir hatten Recht gehabt."

Herr GABI wirkte sehr überzeugend und selbstsicher.

Ein korpulenter Wissenschaftler, circa fünfzig Jahre alt und mit kurzem Vollbart, der von ersten silbernen Strähnen durchzogen war, stand auf und sagte mit schwerem Bariton:

„Herr GABI, ich bin Grieche und arbeite seit über fünfundzwanzig Jahren an der Entwicklung demokratischer Strukturen. Wie ich Sie einschätze, kennen Sie auch die alte griechische Kultur. Wir haben nicht nur Philosophen hervorgebracht, die die Welt unterschiedlich erklärt haben, sondern auch die Demokratie erfunden, ein Wort, das übersetzt nichts anderes bedeutet als die Herrschaft des Volkes, demos ‚Staatsvolk' und kratia ‚Herrschaft'. Welche Staatsform herrscht bei Ihnen vor, das wäre eine Frage für mich. Entschuldigung, mein Name ist Polydopholos."

„Herr Polydopholos, auf unserem Planeten gibt es so etwas wie eine Staatsform nicht. Darum haben wir grundsätzliche Hürden überwinden müssen, um überhaupt ansatzweise zu begreifen, was die Menschen darunter verstehen. Der geistige Informationstransfer über Ihren Propheten hatte uns nur mit brutalen Unterdrückungsstrukturen bruchstückweise in Kenntnis gesetzt. Deshalb ist es für uns, also in diesem Fall erst einmal für mich wichtig und interessant, Antworten auf meine Fragen zu erhalten."

Nun meldete sich Prof. Dr. Lohaus aus der letzten Reihe zu Wort. Er erhob sich von seinem Platz und begann:

„Sehr geehrter Herr GABI, das ist nun eine völlig neue Herangehensweise an unser gemeinsames Vorhaben. Ich bitte Sie, meine Herren, die Fragen von Herrn GABI aufzunehmen und alles wie bisher zu speichern. Die Antworten werden wir dann in der nächsten Korrespondenz qualifiziert äußern. Daher schlage ich folgendes Vorgehen vor: Herr GABI, Sie stellen Ihre Fragen. Danach führen wir unser allgemeines Gespräch noch circa fünfzehn Minuten weiter und beenden für heute die Konferenz. Wenn es Ihnen nichts ausmacht, werden wir in drei Tagen dann auf Ihre Fragen eingehen. Ist es Ihnen so recht?"

Herr GABI nickte und sein Brustkorb wölbte sich. Er atmete drei Mal tief ein und aus und hob an:

„Sehr geehrte menschliche Wissenschaftler. Nach unserem Wissen leben rund sieben Milliarden Menschen auf diesem einen Planeten. Warum lassen

Sie es zu, dass ein Drittel Ihrer Mitmenschen Hunger leidet und vom Tod bedroht ist, Millionen Kinder von Menschen täglich sterben? Dafür fehlt uns jegliche Erklärung. Zweitens, Sie alle sind sterblich, warum bringen Sie sich in solchen horrenden Massen gegenseitig um? Auch das ist ein Umstand, den wir nicht verstehen. Sie haben sich als Menschheit in den letzten zweihundert Erdenjahren technisch sehr schnell und weit entwickelt, besonders im Verhältnis zu den zweihunderttausend Erdenjahren zuvor. Warum kommen diese Errungenschaften nicht allen Menschen gleichermaßen zugute. Dieser Umstand ist für uns besonders verwirrend, da Sie als Menschheit globale Gesetze formuliert haben, die von Gleichheit sprechen, in denen es sinngemäß heißt, dass kein Mensch wegen irgendwelcher unwesentlicher Unterschiede wie Hautfarbe, Religion, Herkunft oder Geschlecht benachteiligt werden darf. Zudem stehen Ihre jüngeren Gesetze im Widerspruch zu vielen Anforderungen aus ihrem Grundlagenwerk, der Bibel, aus der sich, und dass ist wieder für uns nicht nachvollziehbar, verschiedene Religionen entwickelt haben, die sich nicht nur gegenseitig bekämpfen, sondern deren Vertreter sich sogar gegenseitig töten, was im biblischen Recht und in den jüngeren Gesetzen gleichermaßen verboten ist?"

Herr GABI lehnte sich zurück und wartete. Er musste lange warten, die Herren Wissenschaftler waren konsterniert. Sie hatten mit technischen Fragen gerechnet. Die geistige Verwirrtheit und Betroffenheit waren in allen Augen sichtbar. Alle spürten, wie es in ihren Körpern anfing, unangenehm warm zu werden. Schweißgeruch bildete sich aus. Es dauerte ewige Minuten, bis Herr Morrison sich erhob.

„Herr GABI, ich wage einmal zu behaupten, dass ich hier mit Abstand der jüngste unter den Anwesenden bin. Und ich pflichte Ihnen bei, dass ich mir diese Fragen auch schon gestellt habe, aber noch nie gewagt habe, sie in dieser Klarheit zu formulieren. Dafür danke ich Ihnen. Aber etwas ist mir dabei unklar geblieben: Sie sprachen von einem Propheten. Was haben Sie damit gemeint? Können Sie mir und natürlich uns das einmal erklären?"

In diesem Moment sprang Prof. Dr. Lohaus von seinem Sitz auf und rief:

„Meine Herren, ich halte den Zeitpunkt für gekommen, an dieser Stelle zu unterbrechen. Herr Morrison, bitte behalten Sie ihre Frage im Kopf und erinnern uns das nächste Mal an Ihr Anliegen."

Er streckte seine rechte Hand zur Decke und rief:

„Bitte die Mikrofone ausschalten und Herrn GABI aus dem Verhandlungsraum führen!"

Ein kleines unscheinbares LED - Lichtchen schaltete von Grün auf Rot und Herr GABI wurde von einem Kollegen zum Seitenausgang geführt.

Kapitel 4

„Meine Herren", hob Prof. Dr. Lohaus wieder an:

„Bevor wir dem Herrn aus dem All unsere Probleme offenlegen, sollten wir uns genauestens darüber klar werden, ob wir erstens der richtige Ansprechpartner in politischen Fragen sind und ob ein

Fremder überhaupt tiefe Einblicke in unsere Gesellschaft nehmen darf oder sollte. Dann habe ich noch ein weiteres Anliegen. Die Geheimhaltung - wo wir gerade bei dem Thema sind. Eine Ehefrau eines unserer Herren hat sich an unser Sekretariat gewandt, ob wir neuerdings junge Damen in unserer Riege hätten. Ihr Mann habe nämlich im Traum immer nur von einer gewissen Gabi geplappert. Wir haben die Dame natürlich beruhigen können und sind zu dem Entschluss gekommen, unseren, sagen wir mal außerplanmäßigen Wissenschaftsgegenstand, umzubenennen, und zwar nach einem der letzten uns bekannten Sternschnuppen, also nicht mehr GABI sondern PEKAT 215. Sollte also jemand sich außerhalb unseres Laboratoriums versehentlich zu diesem Thema äußern, wird ab sofort nur noch von PEKAT 215 gesprochen, aber am besten gar nicht. Ich hoffe, ich habe mich klar genug ausgedrückt."

Stephan Weigell schaute zur Tür und hörte Stimmen, die aber offensichtlich leiser wurden. Er schaute auf seine Armbanduhr und musste feststellen, dass es schon dreizehn Uhr war. Er muss die Bildschirme vor ihm schon lange nicht mehr genutzt haben, denn sie hatten sich auf Standby geschaltet und wiederholten als Bildschirmschoner unterschiedliche Sternenbilder.

Kapitel 5

„Ich glaube, hier können wir unbekümmert miteinander reden", sagte Dr. Weigell, nachdem er sich in seinem Ford Mondeo gesetzt hatte. Nach wenigen Sekunden knatterte der Diesel los und auch Morrison schnallte sich an.

„Sie sind sich sehr sicher, dass Ihr Wagen nicht verwanzt ist. Bei uns zuhause ist es genau umgekehrt. Wir gehen grundsätzlich davon aus, dass mitgehört wird. Alles andere wäre eher unwahrscheinlich."

„Es dauert bestimmt nicht mehr lange, dann sind wir auch so weit. Das ist immer nur eine Frage der Zeit", bestätigte Weigell die Ansicht seines Mitfahrers.

Dr. Weigell fuhr einen Automatik. Er genoss immer die Fahrten mit seiner Frau und es war für ihn einfacher und bequemer als das ständige Herauf- und Herunterschalten. So konnte er sich gleichzeitig mit ihr viel müheloser unterhalten. Jetzt saß Mike Morrison neben ihm und die Gedanken überschlugen sich. Er fuhr langsamer als sonst.

„Jetzt soll es wohl klappen", wechselte er das Thema. Morrison drehte den Kopf zum Fahrer, wagte aber nicht zu fragen, was er damit meinte.

„Heute kommen wir rechtzeitig nach Hause, da wird meine Frau da sein und dich begrüßen können".

„Ach so, jetzt verstehe ich", antwortete Morrison. Ich freue mich, Ihre Familie kennen zu lernen. Ist Ihre Frau …?"

„Deine, nicht Ihre, OK?", unterbrach Dr. Weigell seinen Sitznachbarn.

„Sorry, natürlich, deine Frau, was macht sie beruflich, wenn ich das mal so fragen darf?"

„Natürlich darfst du fragen. Aber das ist eine lange Geschichte. Ich will mich aber auf das Wesentliche konzentrieren. Sie ist Lehrerin, also eigentlich

Tänzerin, aus Moskau, Ballett und so. Sie braucht nicht zu arbeiten, aber seit die Kinder aus dem Haus sind, wollte sie unbedingt wieder etwas Vernünftiges machen, sagte sie. Da bot es sich an, als eine halbe Stelle als Sportlehrerin in der Grundschule frei wurde, dort wieder einzusteigen und da unterrichtet sie nun. Ihre Liebe bleibt allerdings das Ballett. Die Russen haben einen anderen Zugang zur Kunst, viel tiefer als wir, erst recht als wir Wissenschaftler. Ohne Kunst könnte sie nicht existieren, sagt sie immer. Das Herz der Menschheit ist die Kunst. Die Kunst mache den Menschen erst zum Menschen. Aber du wirst sie noch kennenlernen."

Morrison schwieg. Er dachte nach und drehte dann wieder seinen Kopf zum Fahrer und fand endlich den Mut zu seiner Frage, die er am liebsten zu allererst gestellt hätte. Aber er wollte ja nicht mit der Tür ins Haus fallen. So jedenfalls interpretierte Weigell den Ton in Morrisons Stimme.

„Und deine Tochter?" fragte Morrison direkt.

„Töchter, wohlgemerkt, zwei von derselben Sorte, Zwillinge, Larissa und Marie-Ann. Ich mag keine deutschen Vornamen von Mädchen, erst recht nicht Helga oder Gabi", dabei mussten beide lachen.

„Das kann ich nur zu gut verstehen", meinte Morrison.

„Und Larissa, das wollte meine Frau, wobei sie an die Frau von Gorbatschow dachte, ich hatte nichts dagegen. Mein Lieblingsfilm aus meiner Jugend war nun mal Dr. Schiwago und ich hatte mich in Larissa verknallt. Ich war sicher nicht der einzige, der sich in

Lara, also Larissa, die Geliebte von Dr. Schiwago, verguckt hatte. Kennen Sie Dr. Schiwago?"

Ohne die Antwort abzuwarten, redete Weigell weiter:

„Ich weiß nicht, wie oft ich diesen Film gesehen habe. Er hat mein Bild von Russland über alle Maßen geprägt. Und dann kam der Studentenaustausch noch zur Zeit des Kalten Krieges und ich durfte ein Semester in Moskau studieren."

Seine Stimme wurde wehmütig und tausend Bilder flimmerten vor seinem geistigen Auge. Zum Glück war die Landstraße völlig leer.

„Und da haben Sie, Entschuldigung, hast du deine jetzige Frau kennengelernt?"

Dr. Weigell nickte.

„Das ist ja echt romantisch", meinte Morrison. Dann schwiegen sie wieder.

„Sie gehörte damals zum russischen Staatsballett und sie war schön und jung und hatte eine riesige Karriere vor sich. Und für uns war es damals eine Auszeichnung, dass wir als Wissenschafts-Delegation einmal hinter die Kulissen des Staatstheaters schauen durften und uns die Tänzer und Tänzerinnen vorgestellt wurden."

Bevor Dr. Weigell sich völlig in die schwärmerische Erinnerung verlieren konnte, redete Morrison dazwischen:

„Und dann haben Sie, ehm, hast du sie dann nach Deutschland mitgenommen?"

„Natürlich nicht, sich verknallen ist das Eine, aber Zusammensein, sich überhaupt treffen zu können, war quasi unmöglich. Aber ich will es mal kurz machen. Es war nicht einmal ein Jahr vergangen, bekam ich Post aus Moskau. Das russische Staatsballett gastiert in Hamburg – im darauffolgenden Jahr. So entstand ein Briefkontakt. Jetzt, wo ich das so lapidar erzähle, fällt mir auf, dass wir uns völlig unkontrolliert geschrieben haben, einfach so, wie und was wir fühlten. Kein Mensch hatte einen Brief zensiert. Aber, wenn man verliebt ist, merkt man sowieso nicht mehr alles. Jedenfalls war die Spannung bis zu unserer zweiten Begegnung nicht mehr auszuhalten. Das erste Mal sah ich sie dann auf der Bühne. Die Garderobenfrau hat dann meinen Brief über eine Kollegin an sie weitergereicht, auf dem ich ihr einen Treffpunkt beschrieben hatte."

„Mann oh Mann, das war aber ganz schön riskant. Und es hat geklappt?"

Morrison wurde selbst schon aufgeregt.

„Ja, sonst wären wir ja nicht verheiratet. Wir hatten uns dann heimlich getroffen und unser Vorteil war, dass man in Russland sehr großen Wert auf Bildung und Fremdsprachen legt, komischerweise gerade auf unsere Sprache, und sie fließend deutsch sprach. Sie ist dann, an diesem besagten Tag einfach nicht mehr zurück ins Theater und in ihre Unterkunft. Ich habe sie in meinem Appartement in Hamburg-Blankenese versteckt. Wir haben uns sehr schnell entschieden, zu den Ämtern zu gehen. Und das war auch die beste Entscheidung. Sie erhielt eine Aufenthaltsgenehmigung und nach unserer Hochzeit auch einen deutschen Pass. Sehen Sie, da, die ersten Häuser unseres Dorfes. Wir sind schon fast zuhause."

Die gerade Landstraße zeigte direkt auf den senkrechten Kirchturm des Dorfes, als wenn er eine Verlängerung der Straße in den Himmel wäre. Das Dorfpanorama wurde größer.

Als der Wagen nach rechts in die Sackgasse abbog, ließ Weigell sein Fenster hinunter. Ein angenehm warmer Hauch von der nun etwas frischeren Sommerluft durchflutete den Innenraum des Wagens. Ein süßlich-herber Kräuterduft gesellte sich dazu. Dr. Weigell holte tief Luft und rief:

„Endlich zu Hause!"

Er parkte den Wagen vor der verschlossenen Garage.

„Eine dreiviertel Stunde braucht man auch, um zu Hause anzukommen. Mein junger Freund, das ist ein sehr wichtiger Teil des Arbeitslebens, der Weg nach Hause. Dabei kann man sich abreagieren, verstehst du?"

Morrison nickte und sagte:

„Wenn ich dabei an meinen eigenen Weg nach Hause in Philadelphia denke. Das ist auch eine dreiviertel Stunde, aber mit dem Flugzeug. Kleines Deutschland."

Dr. Weigell lachte. Morrison betrachtete das Haus. Ein altes Fischerhaus, schon mindestens hundert Jahre alt und über dem Eingang ein kleiner Zwerchgiebel mit einem runden Fenster ohne Gardinen, wie eine Kutterluke. Dr. Weigell war sich aber sicher, dass Morrison bisher noch nie in seinem Leben ein solches Haus gesehen haben konnte, denn er sah die erstaunten Blicke Morrisons.

„Es ist ein Fachwerkhaus, ein rotes, dunkelrotes Fachwerkhaus mit pechschwarzen Holzbohlen, so etwas gibt es sicher in den USA nicht", meinte stolz Weigell und fügte amüsiert hinzu:

„Du kannst deinen Mund wieder schließen". Als sie beide vor dem roten Haus standen und Mike immer noch keinen Ton heraus brachte, meinte Weigell:

„Meine Frau bestand darauf, es rot zu streichen, genauso wie ihr ehemaliges Landhaus im Ural. Dort sind fast alle Häuser rot oder irgendwie bunt, blau und grün, verstehen Sie, eh, verstehst du?"

Bevor Morrison reagieren konnte, öffnete sich die schmale Holztür und die Dame des Hauses erschien. Morrison hatte seine Kinnlade immer noch unten und wäre beinahe gestolpert. Obwohl sie auf ihn zuschritt, hatte er das Gefühl, sie stünde auf einer riesigen Bühne, die sie durch ihre Persönlichkeit völlig ausfüllte. Sie hatte einen geraden, aber sanften Gang, war schlank und wirkte gleichzeitig geschmeidig. Ihre samtenen fast schwarzen Augen waren ebenso von einem dünnen Schwarz umrandet und wirkten dadurch noch größer. Ihre dunkelbraunen, leicht gelockten Haare ließ sie um ein Vielfaches jünger erscheinen. Ihre Schönheit wurde durch einen wohlgeformten, roten Mund vollendet. Keine Kette verunstaltete ihren schlanken Hals. Sie wischte kurz beide Hände an ihrer weißen Schürze ab und streckte sie dann Herrn Morrison entgegen:

„Seien Sie herzlich willkommen, mein Mann hat mir schon am Telefon gesagt, dass er Sie heute mitbringt. Ich freue mich immer auf Gäste. Kommen Sie rein!"

Ihr Deutsch war perfekt und ihre Stimme ungewohnt dunkel, fast zu dunkel für ihren schlanken Körper mit dem feinen Gesicht.

Morrison war so verwirrt, dass er nicht einmal seinen Koffer aus dem Auto holte und ihr direkten Fußes ins Haus folgte. Dr. Weigell wusste, wie seine Frau auf andere Männer wirkte. Er fühlte sich stets geschmeichelt, dass sie seine Frau war, aber er war immer auch ein wenig eifersüchtig. Er wuchtete den Koffer von Morrison aus dem Kofferraum seines alten und geliebten Fords und schleppte sich leicht gekrümmt zum Eingang.

Morrison drehte sich um und merkte jetzt erst, wie fremdgesteuert er hinter der Frau hergegangen war, ohne einen inneren Widerstand zu spüren.

„Entschuldigung, Stephan, mein Koffer, lass ihn, ich nehme ihn schon, das ist aber zu freundlich, danke".

Er griff nach dem Koffer und Frau Weigell rief:

„Kommen Sie, junger Freund, hier entlang, ich zeige Ihnen Ihr Zimmer."

Kapitel 6

„Hier oben sind zwei Zimmer und ein großes Doppelbad. Wir hatten gedacht, für jedes Kind ein eigenes Zimmer, so wie ich es mir damals immer erträumt hatte, als ich noch ein Kind war. Selbst im Studium waren wir mit drei Studentinnen in einem Raum untergebracht", erklärte Frau Weigell, während sie die enge Holztreppe hinaufgingen.

„Ihr Mann hatte schon erwähnt, dass Sie zwei Töchter haben", bestätigte Morrison ihre Erklärungen.

„Ja, Zwillinge. Aber wir konnten ja nicht ahnen, dass sie immer nur in einem Zimmer leben wollten, unzertrennlich, wie eineiige Zwillinge eben sind. Aber umso merkwürdiger ist es, dass sie sich doch so unterschiedlich entwickelt haben. Man kann eben nicht in die Zukunft schauen."

„Da sagen Sie etwas".

Morrison stockte und Frau Weigell merkte es und fragte sofort nach:

„Woran denken Sie, Herr Morrison. Wollten Sie etwas sagen?"

„Nein, kein Problem, ich meine nur so, ganz allgemein", versuchte Morrison die Sache abzumildern.

„Das ist ja ein hübsches Zimmer", fuhr er spontan und ehrlich fort, als sie die erste Tür öffnete.

„Ja, das ist dann das Gästezimmer geworden, das frei blieb. Nebenan ist das Zimmer der Mädchen, jungen Damen natürlich".

Da Morrison sie fragend anschaute, während er seine Koffer vor das weiße, frisch gemachte Federbett stellte, sprach sie auch sofort weiter:

„Sie sind ja schon fünfundzwanzig, Larissa und Marie-Ann. Sie werden sie sicher bald kennenlernen. Hier sind Seife und Handtücher und gleich hier ist das Bad. Machen Sie sich in aller Ruhe frisch. Wir sehen uns dann gleich im Esszimmer".

Dr. Weigell hatte unten am Treppenaufgang gestanden und gehorcht. Er spürte wieder diesen merkwürdigen Hauch einer Eifersucht, die er aber nicht ernst nehmen wollte und konnte.

„Ein netter junger Mann", verstärkte sie seine verdrängten Gefühle, die sie sehr wohl spürte:

„Wir können uns auch auf die Terrasse setzen, es ist noch immer herrlich warm und nicht mehr so schwül, wie heute Nachmittag, das war ja unerträglich."

Der ovale Holztisch auf der Terrasse war reichlich gedeckt. Weißwein stand im Kühler und farbenfrohe Salate, frisch aufgebackene Brötchen, ein Schälchen Kaviar, cremiger Käse und Obst gaben ein Stillleben, das Expressionisten in Verzückung versetzt hätte. Sie hatten sich noch nicht gesetzt, da stolperte Morrison schon die enge Treppe hinunter und stürzte regelrecht in den Garten.

„Nicht so eilig, junger Mann, es ist genug da. Bitte nehmen Sie Platz!"

„Danke, vielen Dank, ich wollte Sie nicht warten lassen. Aber ich habe wirklich auch Appetit. Oh, sieht das formidable aus."

Die erste Flasche war fast geleert, da klingelte das Telefon. Frau Weigel, die auf der Bank saß, griff neben sich und hob das Mobilteil auf und sagte:

„Das könnten die Mädchen sein. Die haben heute immer noch nicht angerufen."

Und in den Hörer rief sie:

„Priwjewt, hallo, hier ist Ma. Oh, Du bist es Franz-Helmut, tut mir leid, ich dachte, es wäre Marie-Ann oder Lärchen. Stephan ist da, ich geb` ihn dir."

Sie reichte Stephan den Hörer.

„Für dich! Franz-Helmut", bestätigte sie den An-
rufer.

„Hallo Franz-Helmut, es ist schon spät, ist etwas
passiert?" fragte Dr. Weigell. Was er nun vernahm,
konnte kein anderer verstehen:

„Der, der Dings, wie du ihn genannt hattest, der
hat tatsächlich recht. Es stimmt alles, was in der Bibel
steht", hustete Dr. Zurhove ins Telefon.

„Nicht die Bibel hat recht, sondern der Dingsda
hat nur die Bibel richtig zitiert. Wer hat denn von uns
eine Flasche Wein getrunken? Also das bedeutet für
mich erst einmal gar nichts, außer dass die Bibel eben
ein Märchenbuch ist. Als Theologe denkst du natürlich anders, aber als Atheist kann ich dir nur sagen,
Gläubigkeit ist sehr eng mit der Leichtgläubigkeit ver-
bunden. Dass dich diese Zitate irritieren, kann ich mir
sehr gut vorstellen. Aber nichts wird so heiß gegessen, wie es gekocht wird. Wir sind nämlich gerade
beim Essen. Ich soll dich von meiner schöneren Hälfte
grüßen, sie nickt und Mister Mike auch. Also schöne
Grüße von uns allen, Nacht, gute Nacht, bis morgen!"

Dr. Weigell drückte auf das rote Knöpfchen und
setze sich wieder mit der Bemerkung:

„Franz-Helmut und seine Theologie!"

Frau Weigell griff sofort ein:

„Ich glaube auch an Gott. Die Kirche in der alten
Sowjetunion hat die Kommunisten überlebt und nicht
umgekehrt."

Obwohl am liebsten Mike Morrison auch etwas
dazu gesagt hätte, er hatte schon Luft geholt, versuchte Dr. Weigell die Atmosphäre zu entschärfen:

„Das Thema bringt uns jetzt sowieso nicht weiter. Und ich bin nun doch ziemlich müde und wir müssen ja auch morgen früh wieder raus."

Katharina kannte ihren Mann mehr als gut und gab nach. Den ganzen Tag war sie allein zuhause gewesen und hätte sich gerne noch ausführlich mit Mike unterhalten, aber gegen die Selbstdisziplin ihres Mannes hatte sie keine Chance.

„Können Sie am Wochenende uns wieder besuchen, Mike? Dann sind unsere Töchter auch da."

„Gerne, natürlich, wenn Ihr Mann nichts dagegen hat!"

Sie schmunzelte, denn sie wusste, dass seine Eifersucht bei den Töchtern noch stärker war als bei ihr. Sie sah es ihm jetzt schon im Gesicht an.

Kapitel 7

Zwei Tage waren nach üblichem Raster verstrichen. Die Wissenschaftler hatten sich in den verschiedenen Abteilungen ihren spezifischen Aufgaben wieder gewidmet, aber in jeder Pause über neue Erkenntnisse aus dem All diskutiert. Dr. Weigell saß wie gewohnt vor seinen Monitoren. Er sah, rechnete und träumte.

Der Konferenzsaal füllte sich und ein Stimmengewirr schien die Luft zu blockieren. Die Klimaanlage sprang knackend an und ein allgemeines Aufatmen war zu hören.

„Verehrte Kollegen, bitte nehmen Sie Platz und begrüßen Herrn GABI, bzw. PEKAT 215", schallte wieder von hinten die Stimme von Dr. Lohaus. Hinter der

Glasscheibe erschien Herr GABI und setzte sich wieder mitten auf die Bühne auf den einsamen Stuhl vor dem Standmikro, während die Zuschauer in die Hände klatschen und sich auch hinsetzten. Mike Morrison stand auf, drehte sich nach hinten und fand den Blick von Dr. Lohaus, der nur kurz nickte und damit einverstanden schien, dass Morrison seine Frage stellen durfte.

„Herr GABI, die sozialen Unterschiede in der Gesellschaft weltweit sind uns sehr wohl bewusst. Es gibt durchaus globale Unternehmungen, den Welthunger in den Griff zu bekommen und es soll auch schon Fortschritte geben. Wir leben eben nicht im Kommunismus, der sich nachweislich überholt hat und es gibt keine legitimierte höhere Kraft, die einfach bestimmen kann, und alle folgen. Unsere Gesellschaft ist eine pluralistische Gesellschaft, in der auf demokratischen Wegen um Problemlösungen gerungen wird. Darüber möchte ich mich gar nicht mit Ihnen streiten. Aber die abendländische, westliche Kultur basiert auf dem Christentum und damit auf der Bibel. Nun gibt es zwar gerade unter uns Wissenschaftlern sehr viele Atheisten, aber mich interessiert ihre Anspielung auf, ich sage einmal, unseren Jesus, den Sie als einen Propheten ausgewiesen haben, oder so ähnlich. Was haben Sie da gemeint? Ich hatte es nicht verstanden."

„Ah", sagte Herr GABI und sprach weiter:

„Sie erinnern sich, dass ich von dem geistigen Informationstransfer über Ihren Propheten gesprochen habe. Ich verstehe und ich kann Sie gut verstehen, dass Sie das irritieren muss. Ich möchte vorausschicken, dass wir weit davon entfernt sind, blasphemisch sein zu wollen, aber Ihr Sohn Gottes, genannt Jesus, war ein dramatischer Versuch, den unsterblichen Menschen zu schaffen, den unser gemeinsamer Gott dann auf unserem Planeten, sagen wir mal in Ihrer Sprache, zur Welt gebracht hat, nämlich unsere Onos. Sie sind die eigentlichen Gotteskinder und bestehen aus einer Seele und vielen Körpern. Diesen Anspruch hatte schon Ihr Philosoph Aristoteles so formuliert: `Freundschaft ist, wenn eine Seele in zwei Körpern wohnt.´ Vielleicht können Sie es sich jetzt besser vorstellen, wenn Sie einmal annähmen, Gott hätte auf die Erde nicht nur einen Sohn, sondern mehrere gleichzeitig auf die Erde schickt. Glauben Sie, dass diese sich bekämpft oder gegenseitig umgebracht hätten. Hätten sie sich vermehren müssen, hätten sie Krankenhäuser gebraucht, hätten Sie Autos oder das Internet erfunden? Wozu auch."

Wenn jetzt ein Tumult ausgebrochen wäre, hätte sich kein außen stehender Beobachter gewundert, aber es wurde absolut still. Auf eine solche Idee war in den letzten zweitausend Jahren niemand gekommen. Herr GABI lehnte sich entspannt zurück. Er schien mit dieser Reaktion gerechnet zu haben.

Dr. Lohaus, der immer noch ganz hinten an der Rückwand neben dem Haupteingang stand, erhob seine Stimme:

„Sehr geehrter Herr GABI, wir danken Ihnen, bisher, also für Ihre Ausführungen und wir werden uns nun zu unseren Beratungen zurückziehen. Vielen Dank."

Herr GABI erhob sich und verließ wie gewohnt hinter der Glaswand durch einen Seitenausgang die Bühne. Das hintere Portal öffnete sich automatisch und die Zuschauer verließen leise tuschelnd den Saal. Dr. Weigell lehnte sich entspannt zurück. Er stellte die Rechner wieder auf Standby und wiederkehrende Planetenkonstellationen wechselten sich auf den Monitoren ab.

Kapitel 8

„Stephan, Stephan", schallte es von hinten. Dr. Weigell hatte sein Labor verlassen und drehte sich um, lief aber notwendigerweise weiter, um nicht angerempelt zu werden. Im hellgrünen Gang ohne Fenster war es stickig schwül und nach wenigen Sekunden nahm Dr. Weigel das Schritttempo von Dr. Zurhove auf.

„Wir müssen unbedingt reden", hustete Dr. Zurhove aufgeregt. Schweißperlen rollten von seiner Stirn.

„Heute Abend halb sechs in der Kajüte? OK?"

„Nun mal ganz ruhig, Franz-Helmut, die Welt wird schon nicht untergehen. Wir müssen jetzt erst mal in unsere Arbeitsgruppen, da ist doch alles liegengeblieben. Aber gut, halb sechs. Ich bin da."

Dr. Weigell hob seinen linken Arm und streckte seinen Daumen nach oben.

„Ich muss hier `rein", rief er noch kurz und verschwand in der Toilettentür.

Nach seiner Erleichterung vor dem Urinal wusch er sich die Hände, schaute mit fragenden Augen in den Spiegel, zupfte an seiner dunkelroten Krawatte. Die Schlaufe um den Hals wurde weiter, aber der Knoten zog sich zusammen. Als er die Schlaufe über seinen Kopf zwängte, erkannte er im Spiegel das grinsende Gesicht von Morrison.

„Das ist eine gute Idee", hauchte Morrison Dr. Weigell in den Nacken und nahm auch seine Krawatte ab.

„Ich fand den Abbruch der Konferenz zu früh. Was sollte das eigentlich. Ich hätte noch reichlich Fragen gehabt, Sie doch sicherlich auch, oder?"

„Erstens waren wir beim Du, aber du hast Recht, das war schon merkwürdig. Aber vielleicht waren die Ausführungen für Anti-Atheisten doch zu heftig. Ich fand die Vorstellung einer Jesus-Gruppe eher amüsant."

Dabei drehte Dr. Weigell sich um und Morrison trat einen Schritt zurück.

„Ich weiß nicht genau, was du meinst, aber du hältst das alles im Allgemeinen für Unsinn, Stephan?"

„Natürlich, ich glaube weder an einen und erst recht nicht an eine ganze Fußballmannschaft von Jesussen, oder wie man das im Plural sagt."

Worauf Morrison meinte:

„Aber ich muss zugeben, die Idee hat was. Es ist immer wieder interessant, mal die Meinungen anderer zu hören."

Dr. Weigell stutzte und zog seine Stirn in Falten. Morrison ging nicht auf den fragenden Blick von Dr. Weigell ein und sagte:

„Ich muss nun aber zu den Soziologen, bin mal gespannt, wie weit sie sind. Treffen wir uns heute wieder?"

„Ich habe schon Franz-Helmut zugesagt, heute um halb sechs, wieder in der Kajüte. Ich glaube, er wird nichts dagegen haben, wenn du auch da bist."

„Du glaubst also doch!"

„Bitte was?" stutzte Weigell.

„Ach so, du Scherzkeks, ich vermute bei maximaler Erfahrungskontrolle, dass er sehr wenige Einwände haben wird". Dr. Weigell schmunzelte und schritt in den aufgeheizten Flur. Dann hörte er ein leises Quietschen und Knarren. Die Klimaanlage war wieder angesprungen. An seinem Arbeitsplatz, eine Batterie von PC-Flachbildschirmen, rutsche er auf seinem Hintern hin und her und konnte sich kaum auf seine Berechnungen und Kurvendiagramme konzentrieren. Widersprüche waren für ihn unerträglich. In dem Moment, wo es eigentlich interessant werden könnte, war ohne vorherige Ankündigung die Konferenz abgebrochen worden. Es gab da doch noch so viele, gerade technische, physikalische Fragen, zu denen man überhaupt nicht vorgedrungen war. Da schien einiges nicht zu stimmen. Gleichzeitig war es ein unglaublicher Umstand, es real mit einem Außerirdischen zu tun zu haben. Aber war er wirklich ein Außerirdischer? Er sah viel zu menschlich aus. Oder haben wir immer falsch gedacht und uns Außerirdische als Monster vorgestellt? GABI war aber von allerhöchster Stelle als Person aus dem Weltall vorgestellt worden. Dr. Weigell konnte sich nicht an den Gedanken gewöhnen, dass von höchster Instanz ein solcher Fake initiiert worden sein soll, und warum sollte ein weltweit extrem gut angesehenes Wissenschaftszentrum so etwas tun.

Seine Nachbarkollegen in dem Großraumbüro standen nach und nach auf, einige stellten ihre PC auf Standby und verließen den Raum. Dr. Weigell hatte gar nicht gemerkt, wie schnell der Nachmittag vorüber gegangen war. Er schaute auf seine Armbanduhr. Siebzehn Uhr.

Auch Dr. Weigell stellte seinen PC auf Standby, zog sein graues Jackett über und verließ als letzter das Büro. Er musste um das Hauptgebäude komplett herum. Es war ein Gang mit langen Seitenscheiben nach draußen, ohne dass man hinaus gehen konnte. Er lief an gärtnerisch gepflegten kleinen Birken und violetten Lavendelblüten vorbei. Ein kurvenreicher, künstlicher Bachlauf, mit dekorativen vereinzelten Felsbrocken dekoriert, lockerte den Weg entlang der Beamtenlaufbahn auf, wie die Mitarbeiter diesen Gang nannten. Der Blick nach draußen gab ein Gefühl von Sommer und angenehmer Wärme, während es im Gang erfrischend kühl war, obwohl die schräge Abendsonne mit letzter Kraft versuchte, den gläsernen Gang aufzuheizen. Was diese Klimaanlage wohl an Strom verbraucht, dachte Dr. Weigel, aber er fühlte sich gut. Die kühle Luft, die beim Gehen seine Haut umschmeichelte, ließ ihn sichtlich entspannen. Am Ende des Ganges öffnete sich eine Seitentür, als er in den Bereich ihres Bewegungsmelders trat und sich hinter ihm wieder schloss und eine zweite Tür nach draußen sich automatisch öffnete. Ein heißer, unerträglicher Luftschwall prallte auf seinen Körper, dass er beinahe stehen geblieben wäre. Er verlangsamte seine Schritte und lief über den aufgeheizten Asphalthof zum Kantinenkomplex.

Es öffneten sich wieder zwei Türen und er hatte die freie Wahl der international unterschiedlich eingerichteten Essecken oder Stuben. Von weitem sah er schon Morrison und Franz-Helmut in der Kajüte sitzen und sich angeregt unterhalten.

„Na, hast du dich wieder ein wenig beruhigt", begrüßte er Dr. Zurhove. Morrison machte den höflichen Versuch, aufzustehen, aber Dr. Weigel winkte ab:

„Bleib´ ruhig sitzen. Push mal den Button für eine Flasche Wasser, eisgekühlt ohne Kohlensäure."

Franz-Helmut drehte sich zur Rückwand und bediente fast im Sitzen die schwarze Touch-Screen-Tafel mit den bunten Symbolen. Noch ehe Dr. Weigell sich setzen konnte, stand schon Gerda hinter ihm am Tisch.

„Es gibt keine Engel, aber wenn es welche gäbe, Gerda wäre einer!" rief Dr. Weigell in die leere Kantine. Gerda schmunzelte und stellte ihm die Mineralwasserflasche und ein Glas auf den Tisch.

„Ach", meinte Dr. Zurhove.

„Ich hatte mich nur so aufgeregt, dass dann, wo es eigentlich spannend wurde, der Lohaus einfach Schluss gemacht hat."

„Ich war froh, dass der Spuk zu Ende war, ehrlich, Franz-Helmut, aber Ihr Anti-Atheisten vom Dienst könnt von dem Schwachsinn ja nicht genug kriegen!"

„Mike, bleib´ mal ganz ruhig, Stephan meint das nicht so, er musste erst mal Dampf ablassen", beschwichtigte Franz-Helmut die Situation.

„Das kannst du wohl laut sagen", entgegnete Dr. Weigell.

„Obwohl ich mir nicht vorstellen kann, dass von höchster Stelle unter einer Leitung von Professor Lohaus solch ein Theater fabriziert wird, halte ich das Ganze doch für einen kosmischen Schwachsinn!"

Morrison versuchte, die sich anheizende Atmosphäre zu dämpfen:

„Sind wir nicht eigentlich gehalten, außerhalb überhaupt nicht darüber zu reden?"

„Das ist mir völlig egal", entgegnete Weigell.

„Ich bin Wissenschaftler und Denker und ich höre nicht auf zu denken, nur weil hier scheinbar höhere Instanzen ins Feld geführt werden. Was dabei herausgekommen ist, haben die Kreuzzüge im Mittelalter bewiesen oder die Hexenverbrennungen, ganz zu schweigen von der jahrhundertelangen Inquisition. Ich sage nur: Und sie dreht sich doch!"

„Du hast sicherlich recht", meinte Franz-Helmut, „aber bedenke, es ist doch wohl ein sehr merkwürdiges Flugzeug bei uns gelandet, das von einer Spezialeinheit genauestens untersucht wurde. Und technisch sind wir auch schon so weit und experimentieren an Materialien, die sich wieder in die ursprüngliche Form zurück transformieren lassen. Die Auto-Industrie scharrt schon mit den Hufen."

„Ich will nicht unterbrechen", warf Morrison ein, „aber nach den neusten Berechnungen könnten zehn Prozent der einhundert Milliarden Galaxien allein im beobachtbaren Kosmos höheres Leben beherbergen. Der Rest des Universums ist aufgrund von Gammastrahlenexplosionen vermutlich unbewohnbar. Wir alle wissen, dass diese Explosionen durch kollabierende Sterne entstehen und elektromagnetische Strahlung freisetzen, die die UV-Schutzhüllen, wie es sie wie bei der Erde gibt, zerstören."

„Genau", ergänzte Franz-Helmut, und denke doch mal an die Aussage der Flugtechniker, die so ein Magnetfeld gemessen haben und nicht wagten, das Flugobjekt zu untersuchen. Da sind diese Leute, sage ich mal, uns schon ein paar Schritte voraus."

Morrison sagte darauf eingehend:

„Forscher der Universität Cambridge glauben, bisher unentdeckte Planeten gefunden zu haben, die ihre Bahnen weit jenseits des Pluto ziehen. Ihrer Meinung nach verbergen sich die Planeten in der Oortschen Wolke, einem Ring aus Asteroiden und Staub am äußersten Rand unseres Sonnensystems."

Franz-Helmut setzte zu sprechen an und geriet beinahe ins Schwärmen:

„Auch die spanischen Astronomen vermuten eine oder sogar zwei sogenannte Supererden in diesen weit entfernten Tiefen des Sonnensystems. Grund für diese Annahme ist die Beobachtung, dass viele kleinere Objekte, die dort draußen unterwegs sind, Auffälligkeiten in ihrer Umlaufbahn zeigen."

Und Morrison erklärte weiter:

"Dieser Überschuss an Objekten mit unerwarteten Orbitalparametern lässt uns glauben, dass unsichtbare Kräfte die Verteilung der transneptunischen Objekte verändern".

Worauf Franz-Helmut ergänzte:

„Die wahrscheinlichste Erklärung dafür ist, dass es noch unbekannte Planeten jenseits von Neptun und Pluto geben könnte."

Und er sprach weiter:

„Die kalten, dunklen Supererden seien bis zu zehnmal so groß wie unsere Erde, aber kleiner als Gasriesen wie Jupiter oder Saturn."

Morrison:

„Sollte sich das bestätigen, wären diese Ergebnisse wirklich revolutionär für die Astronomie und dann wäre die Meinung unserer Gäste, um es mal so zu sagen, die Sensation an sich und die Menschheit müsste sich etwas einfallen lassen."

„Jetzt macht aber mal halblang", entgegnete im auffällig ruhigen Ton Dr. Weigell.

„Erstens habe ich bei euren Ausführungen mehrmals das Wort „Glauben" gehört und zweitens solltet ihr wissen, dass ich mit meiner Mannschaft die Wege, Strecken, Geschwindigkeiten und Zeiträume von Raumschiffen in Relation zu den Bewegungen der Planeten und ihrer potenzierenden Schwerkraft berechne. Alle Ergebnisse schließen einen nur ansatzweise denkbaren Kontakt zu fremden Intelligenzen aus. Darum steht für mich außer Frage, dass wir hier gewaltig an der Nase herum geführt werden und nur die Aufgabe haben, dieser Narretei auf die Schliche zu kommen."

Franz-Helmut schüttelte ungläubig den Kopf:

„Ich glaube oder besser gesagt, ich gehe davon aus, wenn dir das besser gefällt, dass du dir das zu einfach machst. Du hast doch vorhin selbst gesagt, dass du Professor Lohaus ein solches Szenario nicht zutraust. So kommen wir aber auch keinen Schritt weiter."

Als Morrison nickte, fügte Franz-Helmut hinzu:

„Stephan, wir kennen uns nun schein seit unserem Studium und ich wage mal zu behaupten, dass wir beste Freunde sind. Nur wirkliche Freunde können und müssen sich die Wahrheit sagen. Ich weiß, dass du durch deine religiös geprägte Kindheit geschädigt bist, aber es gibt auch Wahrheiten jenseits des Verstandes."

„Ich weiß, dass du mein bester Freund bist und ich möchte mich ja auch gar nicht mit dir streiten. Aber ich sage meine Meinung und für mich zählen Argumente. Glaubenssätze sind für mich nichts anderes als zu hinterfragende Behauptungen, Hypothesen, mehr nicht. Aber das weißt du ja zur Genüge."

„Du hast Recht. Und, wir dürfen unseren jungen Freund nicht im Regen stehen lassen. Das wird alles noch sehr spannend werden."

„Mike, trink´ dein Wasser aus, wir sollten uns dann auch bald auf den Weg machen. Pack´ mal ruhig deinen großen Koffer. Du hast doch Lust, am Wochenende bei uns zu wohnen? Oder? Zumal unsere Töchter auch da sind!"

Mike Morrison errötete. Er konnte es nicht verhindern und auch nicht verheimlichen, dass er sehr gespannt war, die Mädchen kennen zu lernen.

Während Dr. Zurhove sich erhob, wandte er sich an Dr. Weigell:

„Stephan, verzeihe mir, aber ich habe noch arge Zweifel an deinem Zweifel. Ich treffe mich am Wochenende noch mit anderen Kollegen aus der Theologie. Mal hören, was die so dazu sagen würden."

„Aber bitte nichts über PEKAT 215. Da darf nichts an die Öffentlichkeit. Das könnte nicht nur eine Panik auslösen, sondern die Welt ins Chaos stürzen. Wir wissen seit Freud, was Massenhysterie bedeuten kann. Weck´ keine Geister, die es nicht gibt!"

Dr. Zurhove verzog sein Gesicht, schmunzelte aber dann.

Sie verabschiedeten sich. Morrison ging zum Gästehaus, um seinen Koffer abzuholen, den er schon längst gepackt hatte. Dr. Weigell saß in seinem alten Ford, als sich die hintere Wagenklappe knarrend öffnete.

„Ist doch in Ordnung, dass ich den Koffer hier ablege?" fragte Morrison von hinten gebückt durch den langen Wagen.

„Klar, aber knall´ die Klappe nicht so fest zu, sonst platzt mir das Trommelfell!" antwortete Weigell und schaute in den Rückspiegel, der an der Frontscheibe angebracht war. Schon nach wenigen Minuten hatten Sie die Landstraße erreicht und die Landebahn des eigenen Flughafens und des Hangars hinter sich gelassen.

„Vom UFO keine Spur mehr. Die haben es sicherlich bereits in den Hangar gebracht, um es zu verstecken", bemerkte Dr. Weigell und ergänzte:

„Das würde bedeuten, dass es kein Magnetfeld mehr gibt."

„Ich weiß jetzt nicht, was du meinst", fragte Morrison.

„Vielleicht hat man das Magnetfeld abstellen können!"

„Oder es hat überhaupt kein Magnetfeld gegeben!" redete Dr. Weigell weiter. Er fühlte sich in seiner Skepsis bestätigt. Es entstand eine lange Pause. Dr. Weigell spürte eine gewisse Angespanntheit bei Morrison. Ob er sich mehr Gedanken über das Projekt des PEKAT 215 oder was ihn wohl zuhause erwarten würde. Ob er an die Frauen denkt. Ganz sicher, sagte seine innere Stimme ihm. Ich kenne doch Männer. Was ist Morrison für ein Typ, fragte sich Weigell, kann man ihm vertrauen? Ich verlasse mich mal ganz auf Kathi, die wird ihn sich schon zur Brust nehmen. Bei diesem Gedanken musste er innerlich lächeln, denn er stellte sich immer alle Wörter und Redewendungen leibhaftig vor. Und die Brust seiner Frau war schon beachtlich. Als er Katharina in Moskau kennenlernte, waren es nur kindlich anmutende Knospen, aber über die Jahre oder Jahrzehnte war sie zu einer Frau geworden, bei der alles stimmte und passte. Und die beiden Mädchen? Marie-Ann war sehr resolut, aber Lara? Er dachte an die Geburt. Damals hatte er sich für Lara als Vornamen stark gemacht. Seine Frau hatte nichts gegen einen russischen Vornamen, auch als Pendant zu ihrem amerikanischen Vorschlag für das andere Mädchen. Mittlerweile fand er Lara nicht mehr so passend. Seine Bewunderung zu Julie, die hübsche Frau an der Seite von Dr. Schiwago, die im Film Lara hieß, war schon lange verflogen. Er sah in Lara nicht mehr die angehimmelte Schauspielerin. Larissa fand er jetzt besser und er war nun froh, dass seine Frau den ganzen Namen hat eintragen lassen. Ohne es selbst zu merken, sprach er den Namen laut vor sich hin:

„Larissa."

Er klingt schön, dachte er und merkte plötzlich, wie Morrison ihn fragend angaffte und bei seiner Frage geradeaus auf die Fahrbahn starrte:

„Deine Tochter, nicht wahr?"

„Ja. Es ist genau umgekehrt gekommen, wie man es hätte denken können. Larissa hat sich zum Englischen hin entwickelt und Marie-Ann zum Russischen. Ich kann bis heute nicht richtig russisch. Katharina, meine Frau, hat beide Töchter gleichermaßen auch an ihre eigene Muttersprache gewöhnt und Marie-Ann schwärmt vom alten Russland, deren Schriftsteller wie Tolstoi und, der Apfel fällt nicht weit vom Stamm, studiert sie auch Ballett und Tanz."

Die schräg stehende Sonne blendete Dr. Weigell durch den Rückspiegel von hinten. Er knipste ihn auf Abblendlicht um und fuhr gemächlich die sich leicht schlängelnde Landstraße entlang, mitten durch die flache Graslandschaft. In den weiten Wiesen lagen hin und wieder schwarz-weiße Kühe in kleinen Gruppen und kauten unentwegt. Eine gewisse Landluft durchzog den Wagen.

„Und Larissa?" fragte Morrison. Er knibbelte an seinen Fingernägeln, und als er spürte, dass Dr. Weigell es sah, vergrub er beide Hände unter seine Oberschenkel.

Dr. Weigell ließ seine Seitenscheibe per Knopfdruck hinunter, und mit einem leichten Surren durchströmte warme Meeresluft das Wageninnere und die unangenehmere Landluft entwich.

„Es ist immer noch sehr warm, obwohl wir Nordwind haben. Riechen Sie auch das Salz in der Luft. Das kann keine Klima-Anlage leisten. Die hier ist sowieso kaputt. Larissa studiert in Essen, im Ruhrgebiet, verstehst du? Kennst du das Ruhrgebiet, Mike?"

„Leider nein, aber mein Großvater hat davon erzählt, es soll alles ganz schwarz gewesen sein und überall riesige Industrielandschaften. Es soll kein Stein mehr auf dem anderen gestanden haben. Nach dem Krieg. Es muss schrecklich gewesen sein."

„Dein Großvater war als Soldat hier, das ist ja interessant. Darum sprichst du auch so gut Deutsch, ich verstehe."

„Ja, mein Grandpa hat immer von den deutschen Frolleins erzählt. Er sagte immer, dass alle deutschen Frolleins sehr hübsch waren und so freundlich. Einige sind sogar mit nach Amerika. Besonders die schwarzen GI´s wurden damals umschwärmt. Wir haben zwar Deutschland vom Faschismus befreit, aber es gab bei euch keine Diskriminierung der Schwarzen wie bei uns damals. Besonders die schwarzen amerikanischen Soldaten haben sich bei den deutschen Frolleins sehr wohl gefühlt, so richtig frei, völlig anders als bei sich zuhause in Amerika. Aus Neid und Eifersucht haben dann die weißen GI´s den Mädchen erzählt, dass die Schwarzen um Mitternacht ihre Schwänze herausholen. Sowas steckt heute noch in den Knochen der Alten, wie man das hier so sagt."

„Das habe ich nicht gewusst. Wenn wir zuhause sind, musst du mir auf jeden Fall noch mehr von euch und früher erzählen, das ist für mich sehr spannend. Die Kriegszeit, aber auch die Nachkriegszeit, also diese Epochen, dazu kamen wir in der Schule nicht mehr. Weimarer Republik und der aufkommende Nationalsozialismus, aber dann ging es schon los, mit den Abiturvorbereitungen. Vielleicht wurde es auch ganz bewusst ausgeklammert. Unsere älteren Lehrer erzählten lieber von ihren eigenen Kriegserlebnissen oder die jüngeren hatten wie wir kaum etwas darüber gelernt, wie ich mir gut vorstellen kann."

Dr. Weigell drosselte die Geschwindigkeit. Sie fuhren auf einen Traktor zu und die langgestreckte Kurve zwang ihn dazu, eine Zeitlang hinter ihm her zu tuckeln.

Morrison ließ seine Seitenscheibe auch herunter und streckte seinen rechten Arm durch das Fenster in den sanften Gegenwind.

„So stelle ich mir ein rundum glückliches Leben vor. Eine klasse Frau, die auf einen wartet, erwachsene gesunde Kinder, ein angesehener Beruf."

Morrison atmete tief durch, doch Dr. Weigell reagierte nicht.

„Sie, äh, du brauchst nicht zu antworten. Ich habe ja auch keine Frage gestellt. Aber ich habe doch recht."

Es klang wie eine Frage, obwohl es für Morrison eine Tatsache war.

„Kathi ist das Beste, was mir passieren konnte. Aber ich will dich in ein Geheimnis einweihen und ich bitte um absolute Verschwiegenheit, besonders den

Mädchen gegenüber. Die wissen es zwar. Aber ich finde es besser, du weißt Bescheid."

Morrison kräuselte die Stirn, als Dr. Weigell zu ihm hinüber schaute.

„Es geht um Kathi, also Katharina. Sie hatte es mir auch sofort gebeichtet, damals, weil sie mir vertraute, obwohl sie mich fast gar nicht kannte. Sie wollte und musste aus einer Zwangslage heraus. Sie war bereits schwanger und sie wollte nicht abtreiben. Und dann kam ich aus dem Westen. So, jetzt ist es ´raus."

Morrison schien mit allem gerechnet zu haben, aber nicht damit. Seine Neugier auf die beiden Zwillingstöchter schien sogar noch größer zu werden. Dr. Weigell spürte es und sagte:

„Du willst sie unbedingt bald kennenlernen. Das wirst du. Aber nimm dich in acht. Man darf sie nicht unterschätzen."

„Aber du liebst sie doch und du bist stolz auf sie wie ein richtiger, ich meine, leiblicher Vater, das sehe ich dir doch an."

„Ich bin ihr Vater, ohne wenn und aber. Die Betonung liegt auf „bin" und deswegen vielleicht sogar mehr als das. Als Kinder haben sie mich aufgebaut. Ich hatte keine Wahl und ich tat alles für sie. Jetzt muss ich damit leben, dass sie mit riesigen Schritten aus meinem Leben gehen. Obwohl ich ein klar denkender Materialist bin, sage ich: Das Leben und die Liebe spielen sich immer nur im Kopf ab, das wird mir immer deutlicher."

Morrison wusste nicht, wie er weiter reden sollte, ohne etwas Unangebrachtes zu sagen. Den Trecker konnten sie nun überholen und Morrison schwieg, bis sie wieder unbekümmert nur noch geradeaus fahren konnten.

Dr. Weigell konnte nicht verhindern, dass Morrison spürte, wie ernst es ihm war. Morrison suchte irgendeinen Weg, die Spannung herunterzuspielen:

„Trotz allem, Deutschland ist sehr schön und so ruhig. Hier scheint die Zeit, still zu stehen."

Dr. Weigell blieb ernst.

„Von außen sieht vieles anders aus, als es in Wirklichkeit ist und die Wahrheit kennt nur das eigene Gehirn. Du bist noch jung und ich bin mir nicht sicher, ob ich es noch einmal gerne sein würde. Es trügt nicht der Schein, dass ich glücklich verheiratet bin und im Beruf nicht erfolglos. Aber wir werden in den nächsten Tagen und Wochen noch sehr häufig unterschiedlicher Meinung sein. Ich denke da an diese skurrile Sache mit dem Besuch. Darum möchte ich dir etwas, sagen wir mal, erklären. Ich möchte nicht abgelehnt werden, oder meine Meinung abgelehnt werden, weil man mich nicht versteht." Morrison starrte nach vorne auf die langgezogene Landstraße.

„Du kannst mir vertrauen. Ich werde versuchen, dich zu verstehen, ganz im Ernst".

Dr. Weigell begann leise und langsam zu sprechen:

„Es ist eine Unempfindlichkeit bei mir eingetreten, die sehr tief in mir ist. Es geht um ganz früher. Alle Lebenssituationen unterliegen in ihrer Bewertung immer bestimmten Relationen, Werten im weitesten Sinne. Ein einziges Mal in meinem Leben, auch nur für wenige Jahre, war ich ein Freund und an meiner Seite war eine Freundin. Nicht davor und nicht mehr nach ihr. Ich habe sie verlassen, als sie mich verließ. Ich hatte Größeres vor. Ich wollte das Abenteuer des Lebens kennenlernen, freute mich auf das Studium, ich wollte frei sein, ich wollte studieren. Ob sie das gemerkt hat? Ob sie es gewusst hat? Ob sie zu ihrer Mutter nach Süddeutschland zog, weil sie es wollte und musste, wie sie mir sagte? Oder wollte sie mir nur nicht im Wege stehen? Hatte ich ihr etwas über meine Zukunftspläne gesagt, die gar keine richtigen waren? Es war nur diese Aufgeregtheit auf etwas großes Ungewisses und Neues, was in mir pochte. Dabei hatte ich noch während der Abiturklausuren eine Dreizimmerwohnung angemietet, für sie und mich. Es war mir gleichzeitig ernst und trotzdem war es ein Irrsinn und widersprach meinen anderen Aussichten auf die Zukunft. Sie hat die Wohnung nie betreten und ich stornierte den Mietvertrag. Oder hatte sie einfach Angst. Angst vor einer bürgerlich spießigen Art des Lebens, das sie vielleicht einengte? Als ich sie viele Jahre, es waren gut anderthalb Jahrzehnte später, wieder sah, in unserer alten Heimatstadt am kleinen Waldweg, strahlte sie mich an und ihre Augen leuchten. Ich sah, dass sie faule Zähne bekommen hatte. Sie stand auch leicht gekrümmt und ihr Parka war alt und schäbig geworden. Aber sie lächelte und sagte, so wie nur sie mich damals immer genannt hatte: `Amigo´. Sie hatte mich nie bei meinem Vornamen genannt. Ich war immer nur Amigo. Sie hat nie gesagt: Ich liebe dich. Aber sie war die erste und einzige in meinem Leben, die mich einfach so geliebt hat. Egal, was ich in der Zeit unseres gemeinsamen

Lebens gesagt oder getan habe, sie hat zugehört und ich kann mich an kein Wort irgendeiner Kritik erinnern. Es war die höchste Stufe von Vertrauen, höher als das Vertrauen selbst. Man brauchte es nicht auszusprechen oder davon zu reden. Jeden Tag saßen wir zusammen, meistens in einem kleinen Café, am liebsten in einer bestimmten, buchstäblich süßen Konditorei mit drei runden Tischen und Rüschengardinen vor den quadratischen Fenstern. Von der Kuchentheke ging man drei Stufen hoch in den Salon. Wir waren fast immer allein da drin. Nicht selten lagen ihre Schulhefte und Bücher auf den Stühlen und dem Tisch herum. Sie war siebzehn, als sie die Mittlere Reife machen wollte und ich hatte nur noch ein Jahr bis zum Abitur. Mehrere Male hatte sie eine Klasse wiederholen müssen und ihre Klassenkameradinnen waren Kinder, junge Mädchen aus guten und gediegenen Elternhäusern. Sie war krank. Ihre Seele war krank. Ihre Mutter hatte sie abgeben müssen. Ihre Tante und ihr Onkel, die mich sehr mochten und herzensgut waren, hatten sie aufgenommen, ihr die Garage zu einem eigenen Zimmer umgebaut. Das Garagentor war einfach zugemauert worden und man musste durch die Küche hindurch, um in die Garage zu gelangen.

Ich hatte sie geliebt, damals, nein ich liebe sie immer noch, nur damals habe ich noch nicht gewusst, wie sehr ich sie liebte und dass man in seinem Leben nur einmal lieben kann. Ich habe sie verlassen in vollem Bewusstsein, dass ich sie liebte und sie mich liebte. Ich habe ihr Liebesgedichte geschrieben, die sie nie zu lesen bekam. Sie erzählte mir unverblümt, einfach, direkt, dass Christian Klar sie verfolgte. Mike, du kannst das nicht verstehen. Man muss in dieser Zeit gelebt haben, so doof das klingt. Christian Klar war einer aus dem Kreis um die Terrorbande von Baader-Meinhof. Christian Klar hat sie nie verfolgt. Er kannte sie gar nicht. Er konnte sie gar nicht kennen. Aber sie war davon überzeugt, dass er, der Terrorist aus der zweiten Reihe sie verfolgte. Sie hielt zu ihm, sie verstand ihn, sie hatte eine Verbindung zu ihm aufgebaut, seinem Wesen als Terrorist. Sie versteckte sich vor ihm. Nachdem sie in nur wenigen Sätzen von Christian Klar gesprochen hatte, war sie wieder ganz normal. Ich habe ihr gesagt, dass sie sich das alles einbildet, dass sie keine Angst zu haben braucht. Sie hatte regelrecht Halluzinationen."

Weigell schluckte, der Wagen fuhr von selbst. Er hatte sie genau vor Augen und sagte:

„Sie hatte die liebevollsten Augen, wie ich sie nie wieder gesehen habe. Wir haben unbekümmert zusammen geschlafen. Dann kam der Tag, den ich auch nie wieder vergessen werde. Es war der Tag, an dem ich mich mit meinem Vater gestritten habe. Nach dieser Auseinandersetzung mit ihm bin ich nicht mehr nach Hause gegangen. Den Haustürschlüssel hatte ich von meiner Vespa während der Fahrt zu Sonja in die Sträucher geworfen. Von diesem Zeitpunkt an habe ich bei ihr in der Garage gewohnt. Da war ich gerade siebzehn. Bis tief in die Nacht haben wir diskutiert und die alten Scheiben von ihrer Mutter gehört, Gerhard Wendland: Tanze mit mir in den Morgen … und Heißer Sand und so. Und dann sprang sie plötzlich auf und rief: Wer zuerst ganz nackt ausgezogen ist, hat gewonnen. Morgens hatte ihre Tante uns immer ein Frühstück gemacht. Ich nahm meine Sonja dann mit, auf dem Roller und brachte sie zur ihrer Schule. Ich fuhr dann weiter zu meinem Gymnasium."

Dr. Weigell machte eine kleine Pause.

„Ich hätte sie nie heilen können. Ich wollte in die große weite Welt, die sich mit dem Abitur so plötzlich auftat."

Weigell unterdrückte seine Gefühle, aber seine eingeschnürte Stimme verriet seinen Zustand.

„Ich habe sie verlassen. Ich habe mich betrogen, indem ich mich wichtiger nahm als die Liebe, die es nur einmal gibt, die es so nur einmal geben kann. Ich hatte mir damals keine Vorwürfe gemacht. Ich war sicherlich noch nicht reif genug. Ich habe es heute noch klar vor Augen, dass es gar nicht anders ging, dass ich hinaus musste. Alles andere wäre genauso falsch gewesen, also bei ihr zu bleiben. Als ich sie nach fünfzehn Jahren wieder traf, im kleinen Park mit dem Ententeich, habe ich sie umarmt.

Sie hat mich umarmt. Wie haben beide geschwiegen. Wir lösten uns und gingen in verschiedene Richtungen."

Weigell atmete schwer durch und krümmte sich ein wenig über das Lenkrad.

„Ich war ja bereits verheiratet und sie war schon so weit weg. Ein Zurück konnte es nicht geben. Wir haben es im selben Moment gewusst."

Weigell musste nachdenken.

„Jahre später traf ich Ihre Tante. Sonja sei nun in der Geschlossenen und es ginge mit ihr zu Ende. Ich habe auf dem Weg nach Hause jämmerlich geweint. Ich habe sie in der Psychiatrie nie besucht. Angst, verstehst du? Angst vor etwas, was ich nicht verstand. Angst, die es gibt und nicht gibt."

In diesem Moment klingelte es aus dem Handschuhfach.

„Mach mal das Handschuhfach auf. Da ist mein Privat-Handy drin. Das kann nur Kathi sein, sonst ruft hier keiner an."

Dr. Weigells Stimme war wieder in der Realität.

Morrison öffnete das Fach und holte ein altes Handy heraus, das nur eine kleine Tastatur hatte und sonst nichts. Er drückte auf den grünen Punkt und hielt es an sein linkes Ohr. Er hatte aus Versehen gleichzeitig auch auf die Lautsprechertaste gedrückt, denn eine schrille Frauenstimme ließ den Wagen erzittern:

„Stephan, hörst du mich. Du lebst, Gott sei Dank, wo bist du?"

Weigell schrie fast: „Wir sind`s. Im Auto. Mike und ich. Wir sind gleich zuhause. Was ist denn los?"

„Deine Stimme, deine Stimme, du lebst. Ich hatte Angst, ich zittere noch am ganzen Leib. Hast du nichts mitbekommen? Ist dir nichts passiert. Und Mike?"

„Mike sitzt neben mir und hält das Handy. Uns geht es gut. Jetzt red´ endlich, was ist passiert?"

„Euer Flughafen ist explodiert. Franz-Helmut hat mich gerade angerufen. Er war auch ganz aufgeregt und hat mich gefragt, wo ihr seid. Ich muss ihn gleich anrufen und Bescheid sagen, dass euch nichts passiert ist. Kommt jetzt erst mal nach Hause und fahrt auf keinen Fall zurück. Das würde ich nicht aushalten. Versprochen?"

„Versprochen", riefen beide gleichzeitig und schauten sich verblüfft an.

„Wir sind ja schon fast da, Schatz, bis sofort. Wir beeilen uns. Mach dir keine Sorgen, bis gleich!"

Mike Morrison schaltete das Handy ab und verstaute es wieder in das Handschuhfach.

Morrison schüttelte den Kopf:

„Das ist ja unglaublich. Das kann ich mir gar nicht vorstellen. Wir sind doch noch vorhin am Hangar vorbeigefahren. Es muss direkt danach passiert sein."

Dr. Weigell fuhr immer schneller. Nach wenigen Minuten zeigte der Tachometer schon 120 km/h und Mike hielt sich mit der rechten Hand am Haltegriff der Seitentür fest.

„Nimm noch mal das Handy, ich sage dir die Nummer von Franz-Helmut."

Morrison kramte wieder das antiquierte Gerät aus dem Handschuhfach und Weigell sprach langsam die Nummer.

„Es geht keiner dran. Sollen wir mal das Radio anmachen?"

Er drehte an den Knöpfen, erst war es zu laut, dann kam nur Werbung, dann dümmliche deutsche Schlager.

Nach knappen zehn Minuten bogen sie in die Seitenstraße und hielten vor dem roten Fachwerkhaus.

Kapitel 9

Während des Abendbrots ließen sie das Fernseh-
programm an. Dr. Weigell war sonst immer der erste,
der sich beschwerte, wenn man sich nicht normal,
wie er es nannte, unterhalten konnte. Es war für ihn
untragbar, die Vorzüge einer Toilettenente zu erfahren, während man genüsslich in sein Käsebrot biss.
Allergisch reagiert er auch auf Handys, besonders die
seiner Töchter. Heute war alles anders. Sein Handy,
das seiner Frau und das Handy von Mike waren auf
Warteposition und der Fernsehmoderator bestimmte
die Atmosphäre im Haus.

„Mach mal lauter, die Nachrichten kommen",
rief Weigell seiner Frau zu. Alle drei standen auf und
liefen ins Wohnzimmer und blieben vor dem alten
Röhrenbildschirm stehen. Gleichzeitig klingelte ihr
Handy und eine Sekunde später begann die Melodie:
„Und immer, immer wieder geht die Sonne auf", das
Handy von Dr. Weigell.

Aus dem Fernseher dröhnte:

„Die Explosion auf dem Militärflughafen bei
Wilhelmshaven hat zum Glück keine Todesopfer ge-
fordert. Für die Umgebung bestand keine Gefahr, da
keine chemischen Stoffe im Hangar gelagert waren,
aber alle Flugkörper und Bauteile sind zerstört. Die
Polizei vermutet entweder Brandstiftung oder eine
Überhitzung der Halle durch die in dieser Gegend so
ungewöhnlich hohe Sommerhitze. Ein Terroranschlag
wird vorerst ausgeschlossen, da das gesamte Gelände
nur noch der Raumfahrtforschung diente. Es ist der

heißeste Sommer laut der Wetteraufzeichnungen seit über 130 Jahren. Die Polizei hat das Gelände weiträumig abgesperrt und geht aber allen Spuren nach. Sie bittet die Anwohner um Hinweise an die örtliche Polizeistation oder an jede andere Polizeidienststelle. Auslandsnachrichten: Syrien, die kurdische …"

Katharina stellte die Fernbedienung auf stumm und hörte in ihr Handy:

„Ja, Schatz, wir freuen uns. Bei uns ist alles gut, das war nur der Fernseher, pass´ schön auf dich auf. Bis morgen."

Sie schaute zu ihrem Mann, der auch in sein Handy sprach:

„Gut, Franz-Helmut, mach, was du nicht lassen kannst. Aber bitte sei vorsichtig. Erzähl mir morgen alles, verstehst du, alles. Tschüss, tschüss, Grüße von Kathi, ach und natürlich von Mike. Wenn sonst noch was passiert, ruf mich auf jeden Fall an, egal wann."

Dann wandte er sich an seine Frau und ging wieder hinüber ins Esszimmer:

„Es war Franz-Helmut. Er fährt zurück ins Zentrum und will sich den Schaden genau ansehen. Soll dich schön grüßen."

„Danke, aber was sucht er denn da noch? Den Stress kann er sich doch sparen. Na ja, er lebt ja auch alleine. Wenn man sonst nichts zu tun hat. Lärchen hat sich gemeldet. Sie holt Marie-Ann vom Flughafen in Bremen ab und sie kommen morgen gemeinsam, schon mittags. Ich habe erst mal nichts erzählt. Sie machen sich sonst unnötige Sorgen."

Der weitere Verlauf des Abends war nicht sonderlich aufregend. Bis auf den Hangar hatte es keine

Zerstörungen gegeben. Dr. Weigell versuchte, alle Anwesenden und auch sich zu beruhigen:

„Den Hangar werden sie bald wieder aufgebaut haben. Das war auch mehr so eine Rumpelkammer. Montag geht wieder alles seinen normalen Gang."

Er glaubte selbst nicht an das, was er sagte, aber er versuchte, möglichst gelassen zu wirken, was ihm auch wohl zu gelingen schien. Jedenfalls dachte Katharina an die Zutaten für das morgige Mittagessen. Dr. Weigell konnte sich gedanklich auf gar nichts konzentrieren und da war es sehr angenehm, dass Mike da war und von seiner Jugend, die ja noch nicht so lange her war und von zu Hause erzählte.

Kapitel 10

„Schläfst du schon", fragte Katharina. Sie knipste das Lämpchen auf dem Nachtschränkchen aus und wälzte sich umständlich unter zwei flauschige, dicke Oberbetten. Sie fror immer, auch im Sommer. Stephan lag nur mit einer knappen, schwarzen Unterhose bekleidet auf dem Bett, während das Oberbett neben ihm lag.

„Irgendwie kamst du mir heute komisch vor", begann sie halb laut, fast flüsternd. Stephan roch, dass sie sich mit einer süßlich-blumigen Creme verschönt hatte. Er atmete den Duft tief und langsam ein, blieb aber stumm.

„Ich weiß, dass du nicht schläfst. Irgendetwas beschäftigt dich doch", insistierte sie.

„Da brennt quasi dein Arbeitsplatz ab und du redest überhaupt nicht darüber. Selbst Mike hat das

Thema ausgespart. Im Nachhinein macht mir das Angst. Was ist los? Du brauchst keine Rücksicht zu nehmen. Hast du deine Stelle verloren? Du kannst mir das ruhig sagen. Ich kann zur Not von zuhause etwas bekommen, ein vorzeitiges Erbe verstehst du?"

Stephan streckte seinen rechten Arm zu ihr aus, fand ihre Hand und hielt sie fest.

„Nein, du brauchst dir keine Sorgen zu machen. Meine Stelle ist so sicher, wie die Erde rund ist. Nein, aber das mit der Explosion ist schon sehr merkwürdig."

„Geht`s um geheime Forschungen? Darfst du nicht darüber sprechen. Ich will dich nicht drängen. Ich merke nur, dass dich etwas belastet …"

„Es ist tatsächlich etwas Geheimes oder besser gesagt, etwas Geheimnisvolles. Wir haben alle quasi ein Schweigegelübde ablegen müssen, auch Mike. Er hat sich sauber daran gehalten. Aber es ist schwer, so etwas für sich zu behalten, besonders dann, wenn man mit einer Frau wie dir verheiratet ist. Und das Verrückte ist auch noch, dass ich persönlich das alles nicht glaube. Ich kann mir das nicht vorstellen. Da passt so vieles nicht zusammen. Ich kann mir auch gut vorstellen, dass das Ganze nur zur Probe gemacht wurde. Aber diese Explosion, das macht mich doch sehr stutzig."

„Jetzt verstehe ich gar nichts mehr", antwortete sie.

„Das wiederum kann ich sehr gut verstehen. Du musst mir versprechen, mich absolut nicht zu verraten. Du darfst keinem, absolut keinem etwas sagen, verstanden?"

Weigell wusste, wie sie sich aufführte, wenn sie sich entrüstete. Er wollte sie auf keinen Fall weiter provozieren. Aber sie war auch neugierig geworden und dass sie sich auf ihre Ellbogen stützte, war Anzeichen genug, dass sie gespannt war, was nun folgen würde. Er starrte weiter stumpf an die Decke. Aus den Augenwinkeln konnte er sie schemenhaft erkennen.

„Also gut. Auf unserem Forschungsinstitut, also genau genommen, auf unserem Militärflughafen ist ein UFO gelandet. Jetzt ist es raus. Aber bitte kein Wort!"

Geistesgegenwärtig ergriff er ihren Kopf, presste seine linke Hand auf ihre Stirn und hielt ihr mit der rechten den Mund mit aller Kraft zu. Sie hätte auch geschrien, das wusste er, aber es ging nicht. Er hatte sie auf das weiche Kopfkissen gedrückt. Sie schob seine Hand von ihrem Mund und hechelte wie ein Fisch an der Luft.

„Das ist nicht wahr, du machst doch nur einen Witz! Du kannst mich vielleicht erschrecken. Bitte mach das nie wieder!"

Stephan lehnte sich auch zurück. Er hatte ihr kurz in die samtenen schwarzen Augen geschaut, ließ sich wieder zurück sinken und starrte angestrengt zur Decke. Der Mond hatte das Schlafzimmer schon zart erhellt und seine Augen sich an die Dunkelheit gewöhnt. Er sagte nichts und ärgerte sich, es gesagt zu haben, spürte allerdings auch eine befreiende Entkrampfung in seinem ganzen Körper. Er fühlte sich wie erschlagen, hellwach und völlig erschöpft. Er hatte nur einen Gedanken: Wie sollte das alles so weitergehen? Amseln zwitscherten vor Freude auf den neuen Tag durch das offene Fenster. Die Luft wurde kühler. Die Morgenluft tat ihm gut.

„Wenn es nur ein Gag wäre, aber es ist keiner. Und es herrscht allgemeine Geheimhaltung. Das gilt übrigens auch für zuhause. Also, bitte kein Wort an niemanden! Ich verlasse mich auf dich. Auch nicht an Mike, auch wenn er involviert ist, aber er darf auf keinen Fall wissen, dass du es weißt, klar?"

Sie hauchte nur ein zaghaftes:

„Ja".

Weigell dachte nach und fragte sich: Hoffentlich hält sie dicht. Keiner darf etwas erfahren. Die Welt geriete in höchste Gefahr. Geht von dem Alien eine Gefahr aus? Militärisch? Auf jeden Fall wäre eine weltweite Panik kaum zu kanalisieren. Man kann nichts abschätzen. Er blieb starr und unbeweglich auf dem Rücken liegen. Als er nach einiger Zeit hörte, dass Katharina leise zu schnarchen anfing, wurde auch er ruhiger. Es wurde für immer wahrscheinlicher, dass es Außerirdische gibt. Ja, und Herr GABI ist nur einer von vielen, sehr vielen. Weigell schob gerne Probleme zur Seite, in der Hoffnung, dass sie sich von selbst wieder erledigen. Aber wenn das einmal nicht der Fall war, wurden aus Problemen Katastrophen. Unerwartet dachte er an Sonjas Spleen. Sie hatte Angst vor den damaligen Terroristen der Roten-Armee-Fraktion. Er hatte sie immer wieder zu beruhigen versucht, aber stets ohne Erfolg. Weigell erschrak und richtete sich auf: Die Terroristen hatte es ja auch wirklich gegeben!

Katharina rührte sich nicht. Er hörte ihr ruhiges Atmen. Sie hatte aufgehört zu schnarchen. Er staunte, dass sie tief und fest schlief. Nun fühlte auch er eine zunehmende Schwere. Er schloss die Augen und es wurde kälter um ihn. Er begann zu frieren und registrierte Schweißperlen auf seiner Stirn, an den Schläfen vorbei auf das Kopfkissen rannen. Er zog das Federbett über sich und tastete an seinem Schlafanzughemd. Es war nass. Er fasste sich an die Brust und suchte seinen Herzschlag. Das Herz pochte ruhig, aber eine Angst erfasste seinen ganzen Körper. Er stand vorsichtig und langsam auf und bewegte sich auf Zehenspitzen aus dem Schlafzimmer. In der Küche fand er eine Flasche roten Bordeaux. Sie war schon geöffnet. Er zog behutsam und lautlos mit der Hand den Korken aus dem Flaschenhals und setzte die Flasche an seinen Mund. Drei Mal setzte er die Flasche ab und wieder an den Mund. Dann war sie leer. Noch merkte er den Alkohol nicht. Er ging zurück und fand seine Frau noch schlafend. Er legte sich hin und über seinem Kopf begann die Decke an zu kreisen. Er schloss die Augen. Die Decke rotierte weiter, bis er in einen traumlosen Schlaf sank.

Kapitel 11

„Ich glaube, da kommen sie", rief Katharina und schob die weiße Rüschengardine zur Seite. Sie blickte durchs Küchenfenster und Mike sah, wie ihre Beine anfingen, leicht zu zittern. Auch Weigell bemerkte, dass Mike das Zittern auffiel.

Die beiden Männer saßen am Küchentisch und hatten Katharina bei der Vorbereitung des Essens beobachtet.

Die Sackgasse ging direkt auf die Garageneinfahrt zu. Ein stahlblauer Mini rollte langsam heran und blieb auf dem Betonpflaster vor der geschlossenen Garage stehen.

Während Weigell am Tisch sitzen blieb und so tat, als wenn er sich gar nicht für die Ankunft interessierte, hielt Mike es nicht mehr auf seinem Stuhl. Er sprang auf und stolperte fast bis zum Fenster.

Was er da sah, war wie in einem unglaubhaftem Märchen: Links und rechts stiegen zwei Spiegelbilder von jungen, hübschen Frauen aus dem niedrigen Auto. Beide bewegten sich grazil, aber fließend um den Wagen zum Heck, dessen Klappe von selbst aufging und die sportlich gestylten Taschen freigab.

Larissa und Marie-Ann trugen weiße Tennis-T-Shirts und enge aufgeschlissene Blue-Jeans. Auch ihre weißen Tennisschuhe mit blauen Streifen waren identisch. Ihre weit über die Schulter wogenden dunkelbraunen Haare verliehen ihrem Gang eine Art von Leichtigkeit und Geschmeidigkeit, die in ihrer Synchronität jeden Betrachter nur verwirren konnte. Wo sollte man zuerst hinschauen? Weigell beobachtete Mike aus den Augenwinkeln:

„Mike, Sie können den Mund wieder schließen".

„Na, Stephan", rief seine Frau und lief eilig zur Haustür. Mike stand immer noch wie eine Salzsäule erstarrt am Fenster. Nun drehte er sich um. Man hörte die Haustür knarren und konnte nur ahnen, wie herzlich sich die Töchter an den Hals der Mutter warfen und sie fast erdrückten.

„Wir haben Besuch", schallte es aus der Diele. „Ein Arbeitskollege von Papa wohnt nun bei uns. Er hat das Gästezimmer. Kommt mit in die Küche", freute sich Katharina.

Sie war als erste wieder in der Küche und hinter ihr schoben sich die beiden Schönheiten an der Mutter vorbei.

„Das ist Mike, Mike Morrison", sagte Weigell. „Bitte vertragt euch, aber nicht zu viel".

„Na, Stephan", räusperte sich wieder Katharina.

„Ich bin Lara", sagte Larissa und streckte ihm ihre rechte Hand entgegen. Auf der anderen Seite streckte sich eine andere Hand an der Mutter vorbei.

„Marie-Ann, ich freue mich, Sie kennen zu lernen, Herr Morrison".

„Ganz meinerseits. Mike, das reicht völlig."

„In eurem Alter könnt ihr euch doch ruhig duzen", erklang die dunkle Stimme von Weigell.

„Na, Stephan", trällerte Katharina wieder dazwischen.

„Lass das doch die Jugend selbst entscheiden. Da brauchst du dich nicht einzumischen."

„Du hast wie immer recht, Schatz", stimmte Weigell aufrichtig zu und erhob sich vom Küchenstuhl.

„Kinder, kommt in meine Arme. Ich freue mich, euch mal wieder zu sehen."

Von beiden Seiten umklammerten sie ihren Vater und küssten ihn, wie kleine Mädchen es tun, herzlich, ungestüm und unschuldig.

„So, dann macht euch mal ein wenig bekannt. Ich habe heute Morgen noch nicht geduscht. Vielleicht zeigt ihr Mike mal die Gegend, bisher haben wir nur im Haus gehockt. Also entschuldigt mich mal bis zum Mittagessen."

Während Weigell sich zur Treppe bemühte, griffen Larissa und Marie-Ann ihren Gast von beiden Seiten unter die Arme und zogen ihn in den Flur. Weigell war froh, dem seiner Ansicht nach immer noch pubertierendem Smalltalk vorerst entgangen zu sein.

Kapitel 12

Die Sommersonne lachte quer durch das Haus und ließ den oberen Teil der Treppe im Dunkel verschwinden. Weigell fühlte sich geblendet, als er nach dem ausführlichen Duschen die schmale Holztreppe hinabstieg. Aus der Küche duftete es nach Gebratenem und aus dem Esszimmer drangen Stimmen und Gekicher. Im Hintergrund hörte er leise Mozart. Er betrat das Wohnzimmer und ging weiter durch die geöffnete doppelte Schiebetür ins Esszimmer.

„Bleibt sitzen, ich will euch gar nicht stören", sagte er entspannt und ruhig.

„Als wenn du stören würdest. Daddy", antwortete Larissa.

„Komm, setz dich, Mike erzählt von Amerika und seiner Kindheit. Wusstest du, dass seine Familie ursprünglich auch aus Deutschland kommt?"

„Darum spricht er auch so gut deutsch", ergänzte Marie-Ann.

Bruchlos wechselte der NDR 2 Mozart mit dem Song, Coffee black, cigarette. Weigell setze sich an den großen ovalen Esstisch aus dunklem Holz, an dem bequem acht Leute Platz finden könnten. Er machte es sich bequem und hätte am liebsten in Anlehnung an den Song im Radio gesagt: ´Ja damals, als Rauchen noch gesund war´. Aber seine Gedanken verschwanden und gebarten diesen besonderen Rückblick in seine Jugend, als er mit Sonja im Café saß und eine LORD EXTRA mit ihr genoss. Komisch, jetzt fiel ihm auf, dass Sonja früher gar nicht geraucht hatte. In dieser Zeit haben alle seine Klassenkameraden geraucht, einige tranken schon Bier. Er trank viel lieber Kaffee. Er sah sie leibhaftig vor sich sitzen. Ein Schauer lief über seinen Rücken. Er wurde wie von Eiskristallen überzogen.

„Das hatte ich eurem Vater schon unterwegs erzählt", unterbrach Mike die Gedanken von Weigell.

„Ja, ja, das hat er", bestätigte Weigell, obwohl er gar nicht genau wusste, was Mike gerade erzählt hatte. Es war ihm auch egal. Er fühlte sich in zwei Welten gleichzeitig, beobachtete aufmerksam seine beiden Töchter und blickte dann zu Mike.

„Ich bewundere euren Vater. Er ist eine Koryphäe in seinem Gebiet", sagte Mike und nickte auffällig Dr. Weigell zu.

„Den Eindruck haben wir auch, aber ich bewundere viel mehr seine Allgemeinbildung. Pa könnte auch gut bei Jauch auftreten. Der würde glatt die Millionenfrage beantworten", betonte Larissa und Marie-Ann ergänzte:

„Davon bin ich auch überzeugt. Aber er sträubt sich. Ich wüsste schon etwas mit der Million anzufangen", schmunzelte sie, und ihre Augen verdrehten sich träumerisch.

„Du denkst natürlich sofort wieder an Klamotten und Shopping, typisch".

„Da liegen wir beide ja nun wirklich nicht weit auseinander", konterte Larissa.

Weigell ging wie in alten Kinderzeiten dazwischen:

„Jetzt fangt bloß nicht wieder an zu streiten. Nachher fangt ihr noch euer Nee-doch-Spielchen wieder an."

Mike hob sichtbar seine Augenbrauen. Weigell sah, dass Mike nicht verstanden hatte, was er meinte und ergänzte verschmitzt:

„Die eine sagt Nee, die andere Doch, ganz egal, worum es geht, Argumente zählen nicht nur nicht, sondern kommen gar nicht mehr zum Vorschein, denn die nächste sagt wieder Nee, die andere Doch. Zwillinge eben, da kann man nichts machen".

„Doch" rief Larissa und Marie-Ann antwortete heiter:

„Nee!"

Mike signalisierte durch Kopfnicken, dass er nun verstanden hatte, worum es ging und griente die beiden Mädchen offen an, die kaum erkennbar sich gegenseitig in die Augen schauten und sich wortlos verständigten.

„Daddy ist zwar ein Ass in seinem Job, aber trotzdem unglücklich, also beruflich. Aber, dass konntest du ja nicht wissen", sagte Larissa.

Es entstand eine drückende Pause. Weigell unterbrach die quälende Stille:

„Mike weiß nicht, dass ich eigentlich Lehrer bin und keine Stelle bekommen habe, damals 1982, als über sechzig tausend Lehrer in Deutschland auf der Straße standen und keiner eingestellt wurde".

„Ich habe davon gehört. Wir in Amerika haben das überhaupt nicht verstanden, soweit ich mich erinnern kann. Ich war ja damals noch sehr klein. Also genau genommen war ich fünfundvierzig Zentimeter groß".

Die Mädchen mussten lachen und aus der Küche schallte die Frage:

„Was gibt's denn bei euch da so Lustiges, wartet bitte, bis ich fertig bin. Ich will nichts verpassen. Das Essen ist gleich soweit".

„Obwohl ich die besten Fächer hatte und eigentlich überall Lehrer fehlten und die Klassen viel zu groß waren", fuhr Weigell fort.

„Und immer noch zu groß sind", warf Marie-Ann ein.

„Also, ich meine, das war alles völlig am Bedarf vorbei und eine Frechheit einer ganzen Lehrergeneration gegenüber. Ich hatte meine Examen in Mathe und Physik und bekam keine Stelle. Nach vielen Jobs und Nachhilfe und so weiter, ich will das gar nicht so groß auswalzen, bekam ich den Tipp von einem ehemaligen Kommilitonen, mich bei der Raumfahrt als Mathematiker zu bewerben. Zahlen bleiben Zahlen, auch wenn es sich um Lichtjahre handelt".

„Pa ist ein genialer Mathelehrer. Das können wir ohne Weiteres behaupten. Lara und ich hatten uns nämlich eine eigene Zählweise angeeignet, die völlig danebenlag und sie war wirklich nur sehr begrenzt einsetzbar", sagte Marie-Ann.

In diesem Moment betrat Katharina den Salon. Sie hatte eine bunte Koch-Schürze umgebunden und trug auf den Händen eine weiße Tischdecke.

„Er hat die Mädchen von der Dyskalkulie, man kann schon sagen, geheilt. Die Dyskalkulie war damals von der Wissenschaft als solche noch gar nicht wahrgenommen worden. Legasthenie war allgemein bekannt, aber die gleiche Schwäche im Rechnen, also die Dyskalkulie, die kannte niemand. Und was hat er mit ihnen geübt, fast zwei Jahre lang, jeden Tag und in den Ferien, und mit dem Ergebnis: Beide hatten im Abitur Informatik und dann sogar mit Eins abgeschlossen."

„Kathi! Ist ja schon gut, das war aber auch notwendig. Ich habe ja selber nicht gewusst, womit wir es damals zu tun hatten, aber es war richtig, was zu unternehmen", versuchte Weigell zu beschwichtigen. Die Mädchen begannen von damals zu erzählen und Mike hatte keine andere Wahl, als nur zuzuhören. Weigells Gedanken ließen seine Erinnerungen aufleuchten. Bei Gesprächen von früheren Zeiten konnte er sich vor gewissen Assoziationen nicht schützen. Sie überstülpten sein Gehirn wie eine Käseglocke aus Stahl. Er musste unweigerlich an Sonja denken. Er sah sie, sitzend, hinten rechts an ihrem weiß-lackiertem Schreibtisch in der fensterlosen Garage. Dreieck-Berechnungen, Höhen und Hypotenusen. Er hatte einfach ganz vorn vorne mit Sonja angefangen. Er hatte damals sofort erkannt, dass ihr die Grundlagen fehlten und erklärte ihr nach und nach das Wunder der Geometrie und danach die Logik der binomischen Formeln und Gleichungen. Er platzte mitten in das Geschnatter der Mädchen, die ihn verwirrt anstarrten:

„Die Grundlage der Mathematik ist die Gleichheit, ganz einfach: Eins gleich Eins. Darauf baut alles auf. Jede mathematische Gleichung muss aufgehen und am Ende kommt immer eine Gleichheit, wenn nicht, ist die Gleichung falsch. So einfach ist das."

Am liebsten hätte Weigell jetzt weiter doziert, aber er merkte, dass die Töchter bereits anfingen, entnervt zu tun und er spürte, dass Kathi aufatmete, als er aufhörte zu reden.

„So habe ich das noch nie betrachtet, aber du hast Recht, Stefan. Ich werde einmal versuchen, eine solche Klarheit auch in die Soziologie zu übertragen" sagte Mike und seine Bewunderung gegenüber Dr. Weigell wuchs zusehends.

„Auch, was den Menschen betrifft, behaupte ich, dass diese alte Lebensweisheit richtig liegt: Gleiches gesellt sich gern zu Gleichem. Je mehr Übereinstimmung da ist, umso eher funktioniert eine Partnerschaft", meinte Weigell. Larissa ließ ihn nicht weiter reden und sagte:

„So funktionieren ja auch die Partner-Vermittlungen im Internet ...“

„Damit kennst du dich also auch schon aus, sieh mal einer an", flachste ihre Mutter schmunzelnd.

„Wir leben hier ja auch nicht im alten Russland", konterte Larissa schnippisch.

„Was soll das denn schon wieder heißen?" fragte Weigell.

„Bitte hört auf, euch anzugeifen, macht das unter euch aus, wenn ich nicht hier bin. Aber eines ist klar: Früher war alles viel entspannter. Wir hatten kein Handy, keinen Computer oder Internet …"

Gelangweilte lange Gesichter richteten sich auf Weigell, nur Mike schien weiterhin interessiert. Weigell stoppte seine geplanten Ausführungen, aber seine Gedanken redeten weiter. Sie sprachen von den vielen Stunden, die er immer wartete, an den vereinbarten Treffpunkten, mal vor dem Haus der Tante, dann mal im Café im Altstadtviertel, mal an einer Kreuzung. Das war auch nichts Ungewöhnliches, irgendwo auf seine Freundin zu warten. Man konnte sich nicht telefonisch erreichen.

„Es gab auch keine SMS", sprach er leise vor sich hin und dachte, dass es trotzdem oder sogar deshalb besonders schön war und manchmal aufregend, wenn sie dann plötzlich mit dem Fahrrad daherkam oder, nachdem bereits drei Busse vorbeigefahren waren, sie endlich aus dem nächsten ausstieg. Sie hat mich immer umarmt und früher war das noch keine spießige Mode, sondern ehrliche Freude, ja Glück im wahrsten Sinne des Wortes.

„Pa ist wieder in einer anderen Welt", hörte er Marie-Anns Stimme.

„Ich glaube, man kann sich das heute gar nicht mehr vorstellen. Man fühlt sich ja hilflos und verlassen, wenn man sein Smart-Fone vergessen hatte", ergänzte Mike.

Weigell hatte das Wort ‚Verlassen' gehört und spürte, wie sich sein Hals verengte. Er unterdrückte aufsteigendes Tränenwasser und stand langsam auf.

„Ich bin gleich zurück", sagte er und er sagte es stets, wenn er zur Toilette musste.

„Mädels, helft ihr mir mal, die Speisen aus der Küche zu holen?" forderte Katharina ihre Töchter auf und lief aus dem Esszimmer.

Weigell hörte noch, dass sich auch Mike anbot, zu helfen und dann schloss er die Tür der Gästetoilette hinter sich zu. Er beugte sich leicht über das Waschbecken, hielt es mit beiden Händen fest und starrte in den Spiegel. Er sah, wie er weinte und schloss die Augen. Vor zweiundvierzig Jahren habe ich sie verlassen, dachte er und sah sie vor sich hergehen. Sie hatte einen Gang wie das Sandmännchen im Fernsehen. Ihre Schultern bewegten sich nicht, obwohl sie ging. Nur ihre Beine verschoben sich regelmäßig. Er fasste ihre Hand und ging im selben Tempo neben ihr her. Manchmal stundenlang durch die ganze Stadt, bis an den Stadtrand, manches Mal bis zum Zoo. Sie gingen gerne zum Zoo und betrachteten gemeinsam die Tiere. Sie mochte die Schimpansen und Robben besonders, wie er. Wir waren einfach zusammen. Wir dachten gleich, wir fühlten gleich, wir hatten keine anderen Bedürfnisse, als nur zusammen zu sein. Weigell öffnete die Augen und wischte sich die Tränenspuren von den Wangen. Er hielt eine Ecke des rosafarbenen Handtuchs unter den Wasserhahn und fuhr nochmal über sein Gesicht. Das kalte Wasser wirkte erfrischend und schien ihn aufzuwecken. Er drückte den Toilettenknopf und verließ langsam die Gästetoilette.

Zeit fühlte er nicht mehr. Das gemeinsame Essen, die Gespräche, die er hörte, der Umzug nach draußen auf die Sonnenterasse mit der rot-weiß gestreiften Markise, der Kaffeeduft und der selbstgebackene Marmorkuchen – er genoss alle Annehmlichkeiten. Er gab den einen oder anderen belanglosen Satz von sich, der jeglicher Bedeutung entbehrte. Bei anderen nannte er es Small-Talk. Es war bereits dunkel, die Teelichter flackerten auf dem Tisch im Garten und er hörte dann seine Stimme:

„Es war ein schöner Tag. Ich hoffe, Mike, es gefällt dir bei uns. Von mir aus kann Mike die ganze Zeit bei uns wohnen, bis der Alien wieder abdüst".

Lautes Gelächter schallte ihm entgegen und Katharinas Ausruf:

„Nach zwei Flaschen Wein muss der Tag gelungen sein".

„Was sich reimt, das neckt sich", rief Mike mit seinem amerikanischen Akzent und Weigell merkte, dass auch Mike anfing zu lallen und hatte keine Lust, das Sprichwort zu korrigieren.

Kapitel 13

Am nächsten Montag fuhren sie gemeinsam zur Arbeit. Obwohl sie schon sehr früh unterwegs waren und die Sonne noch nicht zu sehen war, war es bereits hell. Die Erde hatte sich vor der Sonne noch nicht verneigt. Nach knapp einer halben Stunde steuerte Weigell den Wagen auf eine kaum noch erkennbare, von Gras überwucherte, Haltebucht und schaltete den Motor ab. Am untersten Rand der Stoppelfelder schob sich unmerklich langsam der orange-rote Feuerball der Sonne hoch. Erst verfärbte sich das Stoppelfeld in ein gelbes Meer, dann wurde der oberste dünne Rand der rot-glühenden Sonne erkennbar, wobei sich gleichzeitig das ockergelbe Meer des Hafers stufenlos ins Rötliche färbte.

„Als ich noch Schüler war, hat mich mein Nachbar hin und wieder mit seinem Wagen zur Arbeit mitgenommen. Von dort bin ich dann die letzte Strecke mit dem Bus gefahren. Ich hatte einen langen Schulweg von fast anderthalb Stunden. Da war ich froh, dass er mich mal mitnahm. Er fuhr einen kleinen ockerfarbenen Opel mit einer Halbautomatik. Sein rechtes Bein war steif. Aus dem Krieg. Er hielt immer an derselben Stelle und wir beobachteten einige Minuten den Sonnenaufgang. Er schwieg dann immer, sobald er den Motor ausgemacht hatte. Wir sahen in aller Ruhe, wie die Sonne aufging, bis sie als ganzer Ball zu sehen war. Dann startete er wieder den Motor und wir setzen unseren Weg und unser Gespräch über den schrecklichen Krieg und den jungen Frieden fort. Von Sonjas Garage aus hatte ich einen anderen Schulweg. Herr Holtmann, so hieß er, ist dann bald gestorben".

Weigell ließ die Scheibe an seiner Seite herunter. Beide schwiegen. Als der ganze Umkreis der Sonne sichtbar wurde und man kaum noch hinschauen konnte, startete Weigell wieder seinen alten Ford.

„Gleich fahren wir an der abgebrannten Halle vorbei", meinte Weigell beiläufig.

„Bin mal gespannt, wie der Hangar jetzt aussieht und was man im Institut zu berichten weiß", sagte Mike.

Hinter dem hohen Drahtzaun und einer langen wild verwachsenen Sträucherreihe sahen sie aufgehäuften Schrott, Gerippe von kahlen, geschwärzten Stahlmasten und dahinter drei Feuerwehrwagen. Es schien, als würde es noch an einigen Stellen qualmen. Das Gelände war großräumig mit einem rot-weißen Plastikband abgesperrt, wie man es aus dem Tatort im Fernsehen kannte.

Sie passierten die Schranke, grüßten freundlich den alten Mann im kleinen Häuschen und fuhren langsam in Richtung Parkplatz weiter. Nachdem sie den Wagen auf dem Institutsgelände abgestellt hatten, kam ihnen auf dem Weg ins Gebäude Dr. Zurhove entgegen.

„Moin, moin. Hallo Stephan, Mike, schön euch zu sehen. Ich hatte sofort bei dir zuhause angerufen. Ihr wart zum Glück schon unterwegs. Hat mir Kathi gesagt. Also das ist ja ein Ding. Es war wohl kein Sabotageakt, wie ich gehört habe. An einer Stelle muss die Sonne über irgendein Prisma auf die Halle geballert haben. Es wurden nämlich keine Brandbeschleuniger gefunden, wie die Polizei gesagt hat. Ich muss heute in die Forschung, wir können uns ja zu Mittag treffen, OK?"

„Ist was dem …, ach du weißt schon, dem Dings-da passiert?" fragte Dr. Weigel. Mike schwieg. Dr. Zurhove zog seine Stirn in Falten und antwortete:

„Keine Ahnung", und drehte sich in Richtung Forschungslabor.

„Wir sollten ja im Grunde auch gar nicht darüber sprechen", meinte Weigell.

„Kommen Sie".

Mike blieb stumm, zurückhaltend höflich und trottete neben Weigell zum Eingang des Instituts. Als sie das Gebäude betraten und ihnen ein angenehm kühler Luftzug aus der Klimaanlage entgegen schwirr-te, verabschiedete sich Dr. Weigell auch von Mike und ging in Richtung Treppe zu seinem IT-Labor.

Für Dr. Weigell war es seit vielen Jahren Routine. Die Tage ähnelten sich. Der Arbeitsrhythmus wurde nur durch die Wochenenden unterbrochen. Seine riesige Computerwand wirkte erdrückend, aber er kannte sich aus und versank in seine Arbeit, während seine Gedanken andere Wege gingen. An einem Morgen, Dr. Weigell hatte sich wieder in seinen Monitor vertieft, wurde die Seitentür seines Computerlaboratoriums aufgerissen und ein Mitarbeiter in einem weißen Kittel rief aufgeregt:

„Auf Bildschirm drei, da stimmt etwas nicht!" Er griff über die Schulter von Dr. Weigell und tippte zielsicher auf einen viereckigen schwarzen Knopf des unübersichtlichen Bedienungsfeldes. Alle Monitore schalteten auf dasselbe Bild hin um und Dr. Weigell fragte unaufgeregt:

„Ist was mit Herrn GABI, lange nichts mehr gehört?"

„Gabi, Quatsch, was soll das? Hier der weiße Punkt. Der kommt immer näher, der war vor zehn Minuten noch nicht da. Das muss ein enormer Meteorit sein. Chef, soll ich Alarm geben. Ich glaube, das ist schon zu spät! Sehen Sie!" Seine Hand zitterte, die fast einen der sensiblen Bildschirme berührte.

„Ich gehe auf die Geschwindigkeit und Richtung, justieren Sie das Teleskop auf den Mars. Wir brauchen Relationen, schnell, beeilen Sie sich, jeder Alarm käme sowieso zu spät. Öffnen Sie die Militärbox mit dem Geheimcode und der Stufe rot!" rief Dr. Weigell, innerlich aufgewühlt und äußerlich die Ruhe selbst.

„Das ist die Atomraketenabwehr in den USA!" schrie der Kollege mit hochrotem Kopf. Weigells Blicke trafen mit ungewohnter Schärfe die Augen des Kollegen.

„Ja, ja, ich mach ja schon, Ihre Verantwortung!" Er drehte sich blitzschnell um und rannte zur Haupttür. Dr. Weigell stierte auf den breiten Monitor direkt vor ihm. Die Seitentür wurde wieder aufgestoßen und die große Tür zum Flur öffnete den Weg für mehrere Mitarbeiter, einige in hastig zugeknöpften grünen Mänteln. Gleichzeitig begann eine schrille Sirene alles andere an Geschrei und Geräuschen zu übertönen. Alle drei Telefone an Weigells Tisch klingelten Sturm.

Wie ein Bienenschwarm gruppierten sich die Männer hinter Dr. Weigell und starrten auf alle Monitore.

„Das kann nur der Meteorit Taurus „Sonderbar" sein, sagte gelassen Dr. Weigell. Ohne sich umzudrehen, spürte Weigell die vielen Fragezeichen in den Köpfen der Kollegen.

„Ich habe ihn so genannt. Er macht einen merkwürdigen Schlingerkurs, den wir noch nicht erklären konnten. Nur jetzt kommt er uns doch sehr nahe. Es ist alles in Alarmbereitschaft. Bevor wir den Amerikanern das Signal zur atomaren Abwehr geben, müssen wir ihn näher herankommen lassen. Wir können sonst seinen Kurs nicht berechnen", erklärte Dr. Weigell unaufgeregt mit sachlicher Stimme.

„Amerika ist in der Leitung. Sie könnten sofort reagieren. Die Russen und China haben Ihren OK-Botten längst ausgelöst. Mensch Weigell, warten Sie nicht zu lange", rief aufgebracht der dicke Kollege mit der Glatze und einer roten Säufernase. Er schwitzte und stank. Die Flecken auf seinem Hemd unterhalb der Achseln hatten weite Flächen erobert.

Plötzlich stand Dr. Weigell auf. Die ganze Mannschaft erstarrte.

„Stellen Sie den Alarm ab und informieren Sie die Amerikaner, sonst machen die noch irgendeinen Unsinn. Taurus fliegt an uns vorbei und wird die Erdatmosphäre höchstens streifen. Das nennt man: Glück gehabt!"

Die Männer fielen sich um die Arme, drückten sich, klatschten wie bei einem Sieg nach einem Fußballspiel sich gegenseitig in die Hände, einige fingen an zu weinen. Die Sirene verstarb und schallte nur noch als Resonanz in den Gehörgängen der Mitarbeiter. Dr. Weigell setzte sich wieder und bearbeitete mit flinken Fingern seine Tastatur. Er hatte alles videomäßig erfasst und gespeichert.

„Wir waren am nächsten dran, deshalb hätten wir die Aktion entscheiden müssen", sagte Dr. Weigell. In der Seitentür stand Dr. Zurhove und hinter ihm lugte der um einen Kopf größere Mike. Aus dem Flur drangen Stimmen:

„Die Amerikaner waren in der Leitung, Weigell soll sich melden. Auch die Raumstation ist in der Konferenzschaltung. Die haben alles aus dem Weltall beobachtet." Dr. Weigell schaute auf Dr. Zurhove und zuckte mit den Schultern.

„Ihr habt es gehört, meine Wenigkeit wird verlangt. Wir sehen uns nachher in der Kajüte. Lasst schon mal das Pils anzapfen!" entschuldigte sich Weigel. Dr. Zurhove hob grüßend die Linke und schob Mike wieder durch die Tür nach draußen. Der Raum hatte sich geleert. Es war brutal still. Weigell saß vor seinen Monitoren. Die Klimaanlage musste versagt haben. Er war durch und durch in Schweiß gebadet. Als er die Rechner auf Standby schaltete, fiel die Anspannung von seinem Körper ab. Er dachte an Kathi und dann an seine beiden Töchter. Er schluckte und versuchte, seine Tränen zu unterdrücken. Er suchte nach anderen Gedanken. Dann betätigte er den Internetzugang zu den Radiosendern und es meldete sich der Radio-Flash von NDR 1:

„Und nun aus unserer Oldiekiste Harry Belafonte, der dieses Jahr seinen 80. Geburtstag feiert mit: `Island in the sun´.“ Dr. Weigell hatte die Augen geschlossen. Sein Lieblingslied, das er immer mit Sonja gehört hatte. Sie lag neben ihm auf dem ungemachten weißen Bett mit diesen kleinen Rosenblüten, die verknittert überall aus dem Bettfalten schauten.

„Bist du da hinten, Sonja?“ hörte er die zarte liebevolle Stimme ihrer Tante.

„Ja“, antwortete Sonja selbstsicher.

„Ist Stephan auch da?“ rief die ´alte Dame` wieder.

„Ja klar“, antwortete Sonja freundlich und Glück lag in Ihrer Stimme.

„Na, dann ist ja alles in Ordnung“, klang es aus der Küche zurück.

„Dann lernt mal fleißig!“

Dr. Weigell starrte in den dunklen Monitor und sah den alten kleinen Plattenspieler, der immer nur für eine LP Platz hatte und unter sich einen kaum erkennbaren Lautsprecher besaß. Das Gerät gab ungeschminkt alles wider, was die Nadel auf der Scheibe erfasste. Belafontes Stimme wirkte rauer, als sie in Wirklichkeit war. Sie lagen beide mit den Rücken auf dem zerwühlten Bett und hielten sich an der Hand fest. Sie hielten ihr Glück fest. Sie spürten diese Einmaligkeit einer sich dahinziehenden Sekunde. Nichts durfte sich ändern. Das Lied war zu Ende. Stephan kroch seitlich vom Bett und wollte die Platte umdrehen.

Dr. Weigell löschte den Flash-Botton. Der schwarze Monitor flatterte und der Sternenhimmel zeigte seine ruhige Schönheit. Weigell erhob sich und während er zur Tür schaute, überlegte er, was jetzt zu tun sei. Er beschloss für sich, in die Kantine zu gehen, um vielleicht Franz-Helmut zu treffen. Sein Unterhemd klebte mit seinem Hemd an seiner Haut. Er fühlte es ganz deutlich, als er das durch die Technik überhitzte Labor verließ und in den Flur ging, der von der Klimaanlage besonders kühl gehalten wurde. Dr. Weigell war es zu kalt. Am liebsten hätte er sich jetzt umgezogen. Er nahm sich vor, in den kommenden heißen Sommertagen einige Hemden und Hosen zum Wechseln mit ins Institut zu nehmen. Nach wenigen Schritten hatte er sich an die auf zwanzig Grad herunter gekühlte Luft gewöhnt und ging flott zur Kantine. Über dem Eingang hing eine antike Bahnhofsuhr, die dem Pächter gehörte. Er ist Eisenbahnliebhaber und verheimlicht seine Abneigung gegen die Raumfahrt, was aber alle wussten. Zu seinem Fünfzigsten hatte ihm die Belegschaft diese Original-Bahnhofsuhr geschenkt.

Dr. Weigell registrierte halb zwei.

„Ziemlich spät", sagte er zu sich und wunderte sich, wie schnell die Zeit auch bei der Arbeit verging. Von weitem sah er schon Franz-Helmut mit Mike in der angestammten Kajüte vor bereits geleerten Tellern sitzen.

„Du kommst spät, Stefan", sagte Dr. Zurhove halb fragend, halb feststellend.

„Ich bestell´ dir mal ein neues Pils. Da du nicht kamst, habe ich es davor bewahrt, dass es verschalt", dabei schmunzelte er und drückte auf den passenden Knopf an der Wand.

„Danke", antwortete Weigell. „Gut, dass ihr noch kein Essen bestellt habt. Ich kriege jetzt nichts `runter. Nach dem Pils nehme ich noch eine Tasse Kaffee mit euch. Das war`s aber dann auch."

Dr. Weigell setzte sich und schaute, ohne den Kopf zu heben, mit den Augen nachdenklich zur Decke.

„Was grübelst du denn aus. Du solltest dich mal sehen", sagte Franz-Helmut und Mike nickte zustimmend.

„Ich wundere mich nur, dass die Amerikaner sich nicht wieder gemeldet haben. Man rettet ja nicht jeden Tag die Welt", seufzte Dr. Weigell. Dr. Zurhove und Mike schauten sich fragend an.

„Und was ist mit euch los, was schaut ihr so krank durch das Weltall?" konterte schnippisch Dr. Weigell.

„Welche Amerikaner?" fragte Mike. „Wegen mir?"

„So wichtig bist du ja nun auch wieder nicht", sagte Weigell und ergänzte:

„Das meinte ich nicht persönlich, soll ja doch wohl geheim bleiben. Vergesst es. Jetzt kriege ich doch ein wenig Hunger."

Er suchte ein anderes Thema und zog es vor, besser nicht mehr darüber zu sprechen. Vielleicht sollen die beiden gar nichts erfahren, dachte er.

„Also ich werde mir mal einen Hamburger gönnen, wo wir doch gerade von den Amerikanern sprachen."

In diesem Moment erschien Gerda mit einem Glas Pils auf dem runden Holztablett. Sie fragte die Herren nach weiteren Getränken und Dr. Weigell bestellte sich einen Hamburger.

„Ich muss mir doch keine Sorgen machen, Stephan?" fragte Dr. Zurhove.

„So ein Unsinn", antwortete Weigell.

„Was soll mit mir schon los sein. Bei mir ist alles in bester Ordnung, nur die Welt hat sich verändert. Erst dieser sonderbare Besuch, dann fackelt unser Hangar ab und heute dieser Meteorit. Das muss ich alles noch Sonja erzählen."

„Du meinst Katharina, Stephan? Oder wer ist Sonja? Habe ich da etwas verpasst? Du Heimlichtuer!"

„Natürlich Katharina, wie kommst du auf Sonja?"

„Du hast gerade von Sonja gesprochen, nicht ich. Jetzt tu´ mal nicht so!" ereiferte sich Dr. Zurhove.

„Bitte keinen Streit, liebe Kollegen. Im Ernst, das ist doch auch völlig egal", versuchte Mike die Situation zu entschärfen.

„Ich habe ganz sicher nicht von Sonja gesprochen. Ich kenne keine Sonja", rechtfertigte sich Dr. Weigell. Aber in diesem Moment dachte er doch an seine alte Liebe und hoffte, dass Mike ihn jetzt nicht bloßstellte. Er hatte ihm ja von ihr im Auto erzählt. Mike hielt sich zurück. Weigell atmete innerlich auf. Dr. Zurhove schaute verwirrt drein, wagte aber nicht, auf seiner Ansicht zu beharren.

„Prost, mein Alter", rief er dann, als er zu seinem fast leeren Glas griff.

„Prösterchen, Franz-Helmut, Mike. Ich mache auf jeden Fall für heute Schluss. Mike, kannst du heute auch eher `raus oder soll ich hier warten?"

„Nein, das passt schon, das ist völlig possible. Die gleitende Arbeitszeit ist doch etwas Feines. Wir können gleich gemeinsam zum Auto gehen", antwortete Mike und war sichtlich zufrieden, dass es sich nicht eskaliert hatte.

Kapitel 14

Der alte Ford von Dr. Weigell war derart aufgeheizt, dass er erst einmal alle Türen sperrangelweit aufstellte und begann, die Seitenscheiben herunter zu lassen. Mike war sofort mit dabei und kurbelte die hinteren Fenstern herunter, da sie keine Automatik hatten. Mit allen vier offenen Fenstern fuhren sie los.

„So schnell ist wieder Freitag", begann Dr. Weigell das Gespräch.

„Als wenn es gestern gewesen wäre", meinte Mike. Er empfand nun doch die Zugluft als unangenehm und ließ sein Seitenfenster wieder hochfahren. Dr. Weigell hatte die letzte Kurve vor der langgestreckten Landstraße durchfahren und beschleunigte. Nun drückte er auch seinen Fensterheber und das Seitenfenster schloss sich quietschend. Die hinteren ließen sie unten. Dazu hätten sie auch wieder anhalten müssen.

„Wenn man nicht so schnell fährt, kann man es so ganz gut aushalten", sagte Weigell.

„Einen so langen und heißen Sommer haben wir selten hier an der Küste. Und irgendwann wird der TÜV wohl meinen Alten in die ewigen Jagdgründe schicken. Dann gibt es einen mit Klimaanlage, garantiert."

Mike nickte zufrieden und meinte:

„Zumal, wenn die Klimaerwärmung nicht aufgehalten wird, worauf alles hindeutet".

Weigel spürte, das Mike wohl weiter gesprochen hätte, aber sich irgendwie nicht traute. Darum fragte er ihn direkt:

„Na los, sag` es schon, was bedrückt dich noch, außer der Klimaerwärmung? Nur frei heraus."

Mike schob seine Hände wie ein Messdiener aneinander und begann sehr leise mit den Worten:

„In Zwei Wochen ist meine Zeit im Deutschland um. Meine wissenschaftliche Arbeit ist fertig. Sie war auch der Anlass, mir in Kentucky eine neue Aufgabe zu übertragen. Ich soll den Weltkongress, den ja unser Astronaut, wie du dich vielleicht erinnerst, angesprochen hatte, organisieren."

„Das ist doch fantastisch! Mein Glückwunsch. Da haben wir ja zuhause tolle Nachrichten zu erzählen."

„Du machst es mir aber nicht einfach. Es geht um Marie-Ann!"

„Sie weiß schon Bescheid?"

„Nicht nur sie, Lara auch und auch Katharina."

Mikes Stimme wurde zittrig. Dr. Weigell drosselte die Geschwindigkeit und öffnete wieder sein Seitenfenster.

„Das ist ja ein Ding. Alle wissen es, nur ich mal wieder nicht".

Dr. Weigell war ehrlich entrüstet.

„Wir hatten es dir gesagt, aber du hattest mal wieder nicht zugehört. Das ist mittlerweile schon offensichtlich. Ich habe fast den Eindruck, dass deine Frau recht hat."

Mike stockte. Das war ihm quasi herausgerutscht. Er wollte es gar nicht sagen. Aber nun war es zu spät. Weigell hatte es gespürt.

„So, so, was hat meine Frau gesagt? Heraus mit der Sprache. Nur keine Hemmungen!"

Dr. Weigells Stimme wurde zusehend aggressiver.

„Ach, das mit dem Alkohol. Sie meint, zwei Flaschen Wein am Abend seien zu viel."

Weigel bemerkte, dass Mike vorsichtig sprach und jede kleine Reaktion von ihm beobachtete. Doch Weigell beruhigte sich und unterdrückte eine aufkommende Aufregung.

„Ich weiß selbst, dass ich zu viel trinke. Da hat sie recht. Ich will das auch gar nicht entschuldigen. Ich mache zwar schon dreißig Jahre meinen Job, so gut ich kann, jedenfalls, aber es ist und war nie meine Sache. Ich bin Pädagoge und wollte der nächsten Generation die Faszination der Mathematik und Physik näher bringen, diesen außergewöhnlichen Zugang zur Welt. Das schafft Sinn. Und was mache ich seit Jahrzehnten? Planetenbahnen berechnen, Geschwindigkeiten und Galaxien in Augenschein nehmen, die es schon seit Jahrmillionen nicht mehr gibt. Und all das unter dem Scheinmantel reiner Wissenschaft. Das ich nicht lache. Warum ist unser Institut denn dem Militär untergeordnet? Aus Sicherheitsgründen etwa? Der Westen rüstet weiter auf, obwohl es keine Sowjetunion mehr gibt. Erst hat man diese kaputt gerüstet und nun wollen die Weltkonzerne über die Wissenschaft die globale Herrschaft zum Zweck einer perfekten Weltausbeutung, ohne Rücksicht auf den einzelnen Menschen, ohne jegliche Ethik. Soll man da nicht verzweifeln? Und wir machen mit! Das ist unerträglich. Warum? Weil ich keinen Ausweg kenne, mein junger Freund. Du denkst an deine Zukunft! Aber wenn die vorbei ist, denkst du an die Zukunft der Menschheit. Leider erst dann, wenn auch du im Netz eingesponnen bist, ohne es zu merken. Erst wenn du anfängst zu zappeln, spürst du die Gewalt der unsichtbaren Fäden. Aber dann ist es zu spät."

Mike schwieg. Er musste nachdenken. Es war nicht mehr allzu weit bis Zuhause. Weigell registrierte, dass Mike unruhig auf seinem Sitz hin und her rutschte. Er wollte sicher noch irgendetwas loswerden. So gut kannte er ihn mittlerweile.

„Es geht auch um meine Zukunft", begann Mike zögerlich.

„Um meine und die von Marie-Ann."

Das war es also. Dr. Weigell hätte am liebsten voll auf die Bremse gedrückt. Aber er schluckte nur. Ihm war klar, dass hier bereits Fakten geschaffen worden waren. Wenn er jetzt nicht sprach, würde Mike weiter reden. Es viel ihm schwer, in diesem Moment nichts zu sagen.

„Sie will zuerst nach Moskau, wegen des Balletts", sagte Mike.

„Zuerst?" fragte Weigell.

„Was heißt zuerst, Mike?"

Dass er ihn in dieser Situation mit seinem Vornamen ansprach, empfand Mike als unangenehm. Durch einen härteren Tonfall schwang in Weigells

Frage eine gewisse Aggressivität mit. Doch Mike behielt die Ruhe und sprach gelassen weiter:

„Danach will sie nachkommen und sich um ein Tanzstudium in den USA zu bewerben. Du musst wissen, die Trends im Tanzen kommen alle aus Amerika. Da ist man an der Quelle. Aber es ist schwer, da reinzukommen. Die Aufnahmeprüfungen sind der reinste Horror. Aber sie denkt, wenn sie in Moskau sich die Kenntnisse im Klassischen …"

Mike hörte auf zu sprechen. Weigell hatte den Eindruck, Mike spräche weiter und ließ ihn in dem Glauben, dass er nicht widersprechen wollte. Weigell hörte nichts mehr. Er dachte an seine eigenen Prüfungen, seine Hausarbeitshilfe mit Sonja, die die Mittlere Reife machte. Sie hatte damals keine beruflichen Pläne. Sie wollte sich und ihrer alkoholkranken Mutter beweisen, dass sie zu einem Schulabschluss fähig war. Sie gierte nach ihrer Anerkennung. Und ich, dachte er, und ich wollte Lehrer werden und es besser machen als die Lehrer, mit denen man klar kommen musste. Diese Lehrer haben die Liebe zur Mathematik an der Tafel und durch die vielen blöden Tests zerstört. Ich wäre ein guter Lehrer geworden. Schon in der Referendarzeit hatte ich es bewiesen. Wir gehörten zur ersten richtigen Lehrergeneration, die die Illusionen der Achtundsechziger hinter sich gelassen hatte und mit realen Vorstellungen in den Schuldienst gehen wollte.

„Man hat uns nicht gelassen, Mike. Es war ein Verbrechen", sagte Dr. Weigell laut. Mike nickte zustimmend, aber Weigell glaubte, Mike würde ihn verstehen.

„Ich habe mich in Marie-Ann verliebt", sagte Mike leise durch den frischen Windzug aus den hinteren Fenstern. Seine schwarzen, langen Haare flatterten und verdeckten sein ängstliches Gesicht. Weigell hatte den Satz vernommen, aber als nicht bedeutend zur Seite geschoben. Also sprach er weiter:

„Man kann auch an einem scheinbar erfolgreichen Job zerbrechen. Geld ist kein wesentliches Kriterium. Es ist gut, wenn man es hat, aber es bedeutet nichts. Es tritt in den Hintergrund. In dieser Gesellschaft aber bedeutet es alles."

Dr. Weigell fuhr langsamer. Von weitem konnte man schon den roten Flecken hinter Bäumen und Büschen erkennen: Das rote, alte Fachwerkhaus mit den schwarzen Balken der Familie Weigell.

„Sie wird nach Amerika nachkommen", suchte Mike den Anschluss an seinen letzten Satz.

„Ich war noch nie in den USA. Ich bin überzeugt, dass man mich nicht hinein lassen würde. Ich bin sicherlich registriert und habe zu viel demonstriert als Student. Heute sind die doch alle weichgespült, fahren mit dem Porsche von Papa zum Seminar. Etabliert und ohne jeglichen revolutionären Funken. Was für eine angepasste Generation Mitläufern an den Unis. Es geht nur noch um Karriere und Geld".

Weigell hörte auf zu sprechen. Seine Gedanken liefen ungehemmt weiter. Er kontrollierte sein Auto, lenkte es wie ferngesteuert, und in seinem Inneren spulten sich die alten Bilder vor ihm ab: Sonja trug immer einen grünen Parka mit Kapuze, Jeans und Turnschuhe. Garantiert nie Pumps. Ihre über die Schulter hängenden dunkelblonden Haare, die sie grundsätzlich offen trug, verliehen ihr eine gewisse Ungezwungenheit, eine Art Freiheit und Lockerheit. Eltern und Schule beeinflussten das Leben, bestimmten es aber nicht. Heutzutage ist es genau umgekehrt. Stephan spürte, wie frei er früher war, ohne es bewusst erfasst zu haben. Heute kann er erkennen, was wirkliche Freiheit ist. Er war immer eher an den vereinbarten Stellen als sie und wartete, entweder auf seinem Roller sitzend oder an einer Bushaltestelle. Er hing seinen Gedanken nach. Er träumte und freute sich, dass sie bald wieder bei ihm war. Es gab keine Störung, kein Handy. Die fremden Leute gingen entspannt, frei jedweder Hektik. Die Zeit hatte Ruhe. Die Ruhe hatte Zeit. Sehnsucht stieg in Dr. Stephan Weigell hoch und eine zermürbende Gewissheit, diese Ruhe nicht mehr zurückholen zu können. Angst kroch in ihm durch den Hals, der immer weniger Luft durchließ. Er musste schlucken und fühlte, wie er seine aufkommenden Tränen zu unterdrücken versuchte. Er sah das rote Fachwerkhaus, hielt vor der Garage und hörte Mike. Was hat er mir alles erzählt, fragte er sich. Er konnte sich beim besten Willen nicht mehr erinnern, wovon Mike gesprochen hatte. Weigell suchte nach Anhaltspunkten. Es war etwas mit Amerika und Marie-Ann.

„Jetzt kannst du mich sicher besser verstehen, nicht wahr, Stephan? Aber wir müssen es noch Katharina erklären. Wenn du nichts dagegen hast, wird sie zustimmen. Marie-Ann und ich werden es ihr schon vorsichtig genug beibringen."

Dr. Weigell schaute Mike sprachlos an und nickte kaum sichtbar. Dann stiegen sie aus und gingen ins Haus.

Auf dem Küchentisch lag ein Zettel. Dr. Weigell hob ihn hoch, kramte aus einer Brusttasche seine Lesebrille, die er im Kaufhaus für neun Euro fünfzig erstanden hatte und las laut:

„Bin mit den Kindern in die Stadt gefahren. Habe deine EC-Karte mit. Aber keine Sorge, wir brauchen nicht viel. Deine Katjuscha."

„Katjuscha?" fragte Mike.

„Das ist mein Spitzname für Katharina. Katharina die Große war Deutsche und die Zarin im alten Russland. Katjuscha ist eine Niedlichkeitsform, die ich total mag. Was meinst du, sollen wir uns in den Garten setzen? Ein kühler Rosé wäre jetzt genau das Richtige."

Die weiß-rote Markise war bereits über die breite Terrasse gespannt. Mike setzte sich brav an den Tisch, während Dr. Weigell sich in den Keller verabschiedete. Er musste sich am Ende der ausgetretenen und abgewetzten Kalksandsteintreppe ducken, um sich nicht an dem niedrigen Kellergewölbe den Kopf zu stoßen. Blind griff er zum Lichtschalter. Seine Augen waren noch auf die grelle Sonneneinwirkung eingestellt. Nun konnte er wieder die Regale und die nächste Tür zum Weinkeller erkennen. Nach drei Schritten stand er gebückt unter der niedrigen, weißgetünchten Kellerdecke vor der Wand mit den sauber aufgereihten und im Holzregal gestapelten Weinflaschen, die nur ihre Flaschenhälse zeigten. Davor befand sich ein kleiner, runder Klavierhocker. Er setzte sich, zog die vorletzte Flasche französischen Roséweines aus dem Regal und schaute auf das Etikett. Während er die Flasche betrachtete, durchzuckten kurze Filmabschnitte sein Gehirn. Er hechelte nach Luft und roch einen besonderen Duft, den er irgendwoher kannte. Er hatte schon einmal an einem Weinkorken gerochen, damals, als Aushilfskellner. Es war der Chefkoch vom alten Zoorestaurant, der ihm möglichst viel beibringen wollte. Er war dort an den freien Wochenenden tätig, um sich Geld zu verdienen, dass seine geizigen Eltern ihm vorenthielten, warum auch immer. Es war genau dieses Lokal, in dem er Sonja kennenlernen sollte. Jetzt sah er sie, wie sie die langen Tischreihen abging und die Aschenbecher austeilte. Ihr Gang war merkwürdig. Sie ging zwar, aber ihre Schultern und Arme bewegten sich nicht im Gegenrhythmus der Beine. Aber als sie sich umdrehte und ihn erblickte, strahlte sie. Gleichzeitig schien sich der ganze Raum zu erhellen. Und plötzlich sah er sie vor sich stehen. Er hörte ihre Stimme. Was er hörte, zog ihn mit Gewalt in eine andere Realität:

„Stephan, was machst du denn so lange da unten. Wir sitzen alle auf der Terrasse, die Mädchen sind auch schon da. Komm endlich!"

Weigell zuckte automatisch zusammen. Hatte er hier schon so lange gesessen? Es kam ihm wie eine Sekunde vor. Welche Mädchen? Woher kamen sie? Er hielt die kellerkalte Weinflasche an seine Stirn, drehte sie hin und her und stieg langsam die Steintreppe hoch. Wie konnte er vergessen, dass die Mädchen seine Töchter waren? Ich glaube, ich werde langsam älter, dachte er. Er war noch nicht ganz oben, da schallte ihm schon das Geschnatter entgegen. Warum können Frauen nicht nacheinander reden? Erst reden, dann zuhören. Dr. Weigell schüttelte innerlich den Kopf, sammelte sich aber schnell wieder und ging strammen Schrittes zur Terrasse. Lara und Marie-Ann sprangen gleichzeitig auf und umarmten ihren Vater von beiden Seiten.

„Wir sind froh, dass es dir gut geht, Paps", schrie Lara ihm ins Ohr. Im anderen hörte er Marie-Ann:

„Du weißt es schon, mit mir und Mike! Du bist der beste. Wir sind ja so glücklich!"

„Das wahre Leben ist die Empfindung", sagte Weigell und hätte gerne den jungen Leuten erklärt, was er damit sagen wollte. Aber es hörte schon keiner mehr zu.

Sie begannen alle gleichzeitig durch einander zu plappern.

Weigell hielt sich beide Ohren zu und suchte seinen Stammplatz am Gartentisch auf. Er stellte die Weinflasche mitten auf den Tisch und seine Augen fragten nach einem Öffner für die Flasche.

„Ich gehe in die Küche. Ich hole schon mal einen Korkenzieher", sagte Mike und erhob sich.

„Ich komme mit", rief Marie-Ann, ergriff die linke Hand von Mike und zog ihn ins Haus, so abrupt, dass er fast gefallen wäre.

„Pa. Du machst so ein sorgenvolles Gesicht", sagte Lara, „du brauchst doch keine Angst zu haben. Mike ist doch echt OK. Ich kann Ännchen mehr als gut verstehen."

Sie kniete sich vor Weigell hin und fasste seine beiden Hände.

„Ihr wisst ja gar nicht, wie fürchterlich die Welt sein kann. Bisher konnte ich euch doch noch irgendwie beschützen."

„Wir sind zusammen schon fünfzig. Lara und ich", schmunzelte sie, „du brauchst uns nicht mehr zu beschützen, versprochen!"

„Es ist aber nicht nur die Welt, es ist auch das, was mit der Welt passiert. Da gibt es Dinge, die gibt es eigentlich nicht. Ich kann es hier und jetzt nicht erklären, Lärchen", rechtfertigte sich Dr. Weigell und dachte an den Außerirdischen. Eine Art Lähmung kam in ihm auf. Er konnte seinen eigenen Gedanken nichts entgegensetzen. Seine Brustmuskeln schienen sich zu versteifen. Er machte einen leichten Buckel wie eine

Katze. Jetzt fühlte er Kälte. Sie stichelte. Er bekam eine Gänsehaut über den ganzen Rücken und dann über die Arme. Eine Angst kroch von innen nach oben und nach außen, wie er sie noch nie gekannt hatte. Ich glaube nicht an Gott, sagte er sich in Gedanken, aber alle wissenschaftlichen Kenntnisse über das Weltall deuten klar darauf hin, dass weitere intelligente Wesen existieren müssen. Die Menschheit wird allem Fremden aggressiv gegenüberstehen. Das hat die Geschichte bewiesen: Die Spanier gegen die Inka, die Cowboys gegen die Indianer, die Faschisten gegen die Juden, die Juden gegen die Palästinenser, die Moslems gegen die Christen und umgekehrt. Ich kann die Kinder nicht beschützen. Wie soll ich das nur anstellen? Wir alle sind machtlos. Die Welt geht einem nie dagewesenen Chaos entgegen. Ich bin bedroht, die Kinder sind bedroht, die Welt ist bedroht.

„Na, was habt ihr Geheimnisvolles?" fragte Katharina und stellte die ersten Teller und Besteck auf den Tisch.

„Pa ist plötzlich ganz weiß im Gesicht, Mama, schau mal".

Lara erhob sich, hielt aber weiterhin die Hände von Weigell fest.

„Lass mal fühlen", sagte Katharina und legte ihre rechte Hand flach auf Stephans Stirn.

„Fieber hast du nicht. Das ist aber komisch." Sie nahm sein rechtes Handgelenk und suchte den Puls.

„Das fühlt sich ganz normal an. Sollen wir einen Arzt rufen, Stephan? Besser wäre es. Ist dir schlecht?"

„Nein, nein, es geht schon wieder. Ich habe wohl zu viel gearbeitet. Ich muss mich entspannen."

„Trink besser keinen Wein mehr. Soll dir einen Tee kochen?"

Das wollte Weigell ganz sicher nicht. Er griff sofort zu seinem halbvollen Weinglas und trank es in einem Zug leer. Er wusste, danach hatte er keine Chance mehr, weiter zu trinken.

„Das war jetzt aber wirklich das letzte Glas heute Abend und wenn es dir morgen nicht besser geht, fahren wir zur Klinik nach Wilhelmshaven, ob du willst oder nicht, auch wenn morgen Samstag ist."

Ihre Stimme klang höher als normal. In diesem Moment beherrschte sie ihn und die gesamte Situation. Was sie aber nicht wusste, dass sie ihn nicht nur einschüchterte, sondern in ihm eine weitere Angst wuchs, die er zu unterdrücken versuchte, eine Angst, die von weit her kam, die sie nicht begriff, die nicht aus ihm kam. Dann schrie er es heraus:

„Die Kinder sind bedroht! Wir sind bedroht! Die Menschheit ist bedroht!"

Larissa, Marie-Ann, Mike und Katharina standen im Halbkreis um ihn und starrten ihn an.

Die Töchter lösten sich als erste aus ihrer Stagnation und fassten ihn beide gleichzeitig unter die Arme, zogen ihn langsam hoch und riefen unisono:

„Wir bringen ihn erst einmal nach oben. Er muss sich hinlegen und zur Ruhe kommen."

„Vielleicht ist auch alles zu viel für ihn", sagte Mike mitleidsvoll.

Erschöpft ließ sich Katharina auf einen Gartenstuhl nieder und schaute zu, wie die Mädchen ihren Mann langsam die enge Treppe hinaufschoben und zogen. Dr. Weigell spürte die kräftigen Griffe an seinen Oberarmen, aber er wehrte sich nicht, ließ alles mit sich geschehen. Er sah, wie die Tür zum Schlafzimmer sich öffnete, erkannte das säuberlich hergerichtete Doppelbett, überzogen mit einem roten Laken und beobachtete, wie er hingelegt und ihm die Schuhe ausgezogen wurden. Jemand zerrte ruckartig die dunklen Vorhänge vor die beiden kleinen, quadratischen Fenster. Es wurde Nacht um ihn. Er schaute ins Dunkel. Lang ausgestreckt blieb er liegen. Er war nicht zugedeckt und hatte nicht die Kraft, sich umzudrehen, geschweige das Federbett unter ihm wegzuziehen, um sich damit zu wärmen. Das Frieren ließ nach und er begann langsam zu schwitzen. Eine Hand legte sich auf seinen rechten Unterarm. Er öffnete die Augen. Im Dunkel sah er einen weißen Schlapphut aus den zwanziger Jahren. Herr GABI saß vor ihm. Nun erkannte er auch die kristall-grünen Augen, die ihn kalt durchdrangen. Er sprach so leise, dass sich Weigell anstrengen musste, seine Wörter zu verstehen:

„Wie Sie wissen, können wir auf unserem Planeten klonen. Aber was wir nicht haben, sind Zwillinge. Das ist für uns ein neues, ein phantastisches Phänomen. Wir werden die genetischen Bedingungen und Gesetze studieren. Sie werden uns sicher weiterhelfen. Und wir werden Zwillinge finden…"

„Nein", schrie Weigell aus vollem Hals, richtete seinen Oberkörper mit letzter Kraft auf und wollte den Hals von Herrn GABI umgreifen. Herr GABI wich wie ein Roboter zurück. Seine Konturen verschwammen. Weigell konnte ihn nicht mehr sehen. Da ging gleichzeitig die Zimmertür auf und beide Mädchen stürmten ins Elternschlafzimmer.

„Raus, raus, ihr müsst fliehen, versteckt euch, raus aus diesem Zimmer!" schrie Weigell weiter.

Beide Mädchen fingen an zu kreischen und rannten zur Tür, wobei sie sich rücksichtslos an den Schultern stießen und sich durch die Tür zwängten. Weigell ließ sich erschöpft zurückfallen. Kurz darauf stand Mike vor ihm.

„Stephan, was ist los? Du hast die Mädchen zu Tode erschreckt. Katharina ist auf dem Weg zum Arzt. Sie macht sich massive Sorgen, sagte sie mir im Weggehen. Sie ist mit ihrem Renault los."

Weigell sah Mike an, dass er aus der Puste war. Dr. Weigell verstand die ganze Aufregung nicht und fragte:

„Was war denn eigentlich los? Warum liege ich hier angezogen auf meinem Bett?"

„Hast du nichts mitgekriegt? Das ist ja verrückt! Soviel hattest du doch noch gar nicht getrunken. Was ist das Letzte, woran du dich erinnern kannst?" fragte Mike ernst.

„So genau weiß ich das auch nicht. Ich hatte doch nur eine Flasche Rosé aus dem Keller geholt und … und dann fand ich mich hier auf dem Bett wieder", antwortete Weigell schwer atmend.

„Du musst einen Black-out haben, wenn du dich nicht erinnern kannst. Weißt du denn, dass du wie ein, wie sagt man in Deutschland, abgestochenes Schwein, geschrien hast, so fürchterlich, dass Lara und Marie-Ann ebenso brüllend aus dem Zimmer gerannt sind. Hörst du, sie sind unten und weinen immer noch. Und du hast sie angeschrien, sie sollten fliehen. Aber vor wem? Kannst du mir das erklären, Stephan?"

„Ich weiß davon nichts. Ich muss zu ihnen nach unten und warum ist Kathi zum Arzt. Mir fehlt doch nichts."

„Kannst du denn aufstehen, bitte mach keinen Fehler, schone dich lieber!"

Weigell erhob sich langsam. Der Boden unter seinen Füßen schwankte ein wenig, als wenn er auf einem Schiff bei leichtem Seegang stünde. Aber nach ein, zwei Schritten war wieder alles normal. Er ging zur Treppe, fasste das Geländer und schritt langsam und vorsichtig die Treppe hinunter. Weigell schaute ins Esszimmer. Dort saßen sich Lara und Marie-Ann gegenüber, die Knie gegeneinander gedrückt und hielten sich gegenseitig an ihren Händen fest. Ihre Gesichter waren verweint. Das schwarze Augen-

Make-up hatte graue Streifen auf ihren Wangen hinterlassen. Als Weigell in den Raum ging, sprangen sie beide gleichzeitig auf und umarmten ihn.

„Geht es dir wieder besser?" rief Lara von links und von rechts schrie ihm Marie-Ann ins Ohr, dass es schmerzte:

„Papa, warum hast du uns so erschreckt? Hast du fantasiert? Was war mit dir los? Wir machen uns solche Sorgen um dich!"

„Bitte, wer ruft Mama übers Handy an. Ich brauche keinen Arzt. Es ist alles in Ordnung. Sie soll sich keine Sorgen mehr machen."

„Du hast gut Reden, wie sollen wir ihr das erklären. Sie ist völlig aufgebracht. Uns wird sie nicht glauben", sagte Marie-Ann und Lara schob hinterher:

„Am besten, du rufst sie selbst an, hier ist mein Handy, die Nummer ist gespeichert."

Sie reichte ihm ihr lila Smartphone und setzte sich wieder. Weigell tippte unsicher die Kontakte ab, erreichte sie aber sofort. Er erklärte ihr, dass er wohl einen Schwächeanfall gehabt haben musste und übel geträumt hätte.

Abends saßen sie nur kurz zusammen. Alle waren recht erschöpft und wussten auch nicht so recht, wie sie das Thema noch einmal angehen sollte. Weigell spürte diese Spannung und entschied sich, den Abend für sich zu beenden, um nicht noch einmal alles durchkauen zu müssen. Er verabschiedete sich und ging nach oben ins Schlafzimmer. Obwohl er

nichts mehr getrunken hatte, fühlte er eine drückende Mattigkeit. Sein Körper wurde müde, aber sein
Gehirn ackerte wie verrückt. Er konnte sich das Ganze
nicht erklären. Er zog sich aus, kuschelte sich in das
weiche Oberbett, obwohl das Zimmer noch sehr
warm war, suchte er noch mehr Wärme. Dann schlief
er traumlos ein.

Kapitel 15

Die folgenden vierzehn Tage verliefen für Dr.
Weigell wie gewohnt, unaufgeregt und harmonisch.
Das Einzige, was ihm aufgefallen war, dass keiner,
weder Dr. Zurhove, Mike oder ein anderer Mitarbeiter etwas von dem Außerirdischen erwähnte. Nun
schob er diese Thematik selbst zu Seite und nahm
sich vor, mal wieder etwas mit Katharina zu unternehmen. Der Sommer war zwar noch da, aber er
spürte erste Veränderungen, besonders, wenn er die
Landstraße früh morgens zum Institut und abends
nach Hause entlang fuhr. Die grünen Wiesen sahen
trockener aus. Die Getreidefelder waren abgemäht
und die ersten gelben Blätter wirbelten auf der Straße. Die Luft hatte sich verändert. Es war mal wieder
Freitag und er fuhr entspannt allein nach Hause. Mike
hatte schon seit einer Woche frei und war immer nur
mit Marie-Ann unterwegs. Sie genoss die endlos langen Semesterferien. Darum dachte er an Katharina.
Vielleicht sollten sie doch mal wieder Urlaub machen.
Seit Jahren hatte er es abgelehnt, in den Sommermo-

naten irgendwohin zu reisen. Er war davon überzeugt, dass sie in ihrem kleinen Häuschen wunderbar
den Sommer genießen konnten. Mittlerweile verab-
scheute er die Massen. Wenn er alleine war, war er
nicht einsam, sondern innerlich zufrieden. Er hing
gern seinen Gedanken nach, aber in letzter Zeit über-
kam ihm eine gewisse Unruhe, aus der er nicht schlau
wurde. Vielleicht, so dachte er, sollte man wirklich
bald mal wieder in den Urlaub gehen. Er wusste, dass
sich Katharina immens freuen würde. Und sie könnten ja auch endlich mal ohne Kinder fahren, ohne
Rücksicht auf Orte mit Spielplätzen oder Strandnähe,
ohne aufpassen zu müssen, im Grunde so wie ganz
am Anfang ihrer Ehe. Bald nach ihrer Hochzeit waren
ja die Zwillinge geboren worden. Er hatte sich ohne
Probleme sofort auf die neue Situation umgestellt,
was besonders Katharina immer wieder und auch im
Nachhinein lobte. Er fuhr entspannt. Von weitem sah
er fremde Kinder auf einem Stoppelfeld. Als er auf
ihrer Höhe war, hielt er an und beobachtete sie. Jetzt
sah er, warum er wie ferngesteuert angehalten hatte:
Es waren mehrere Jungen, die versuchten, einen Drachen steigen zu lassen. Dass es heute noch Kinder
gibt, die das können, sagte er sich und schmunzelte.
Jahrelang war das sein Lebenselixier als Junge gewesen. Heutzutage kann man die Flieger aus Plastik,
Lenkdrachen aller Art in den Läden kaufen. Er hatte
seine Drachen immer selbst gebaut. Große, sehr große, fast so groß wie er, immer in zwei Farben aus
dem durchsichtigen Drachenpapier, das man in Rollen kaufen konnte, das obere Kreuz in rot und die
untere spitze Hälfte in Blau, in der Mitte verklebt und

unten mit einem extra langen Schwanz von mindestens fünf Metern, der mit kleinen Grasbüscheln beschwert war. Der konstante und immer starke Wind an der Nordsee war ideal zum Drachen-Steigen-Lassen. Die dicke Maurerkordel hatte er dann an einen Begrenzungspfahl einer Wiese gebunden und sich ins hohe Gras gelegt. Stunden hatte er so verbracht, in den blauen Himmel schauend, seinen Drachen beobachtet, wie er fast unbeweglich unter den vorbeiziehenden Wolken stand, sich zwar manchmal bedrohlich senkte, aber dann wieder Wind fing und wie angestochen senkrecht nach oben durchstartete. Jetzt freute er sich, als er die Jungen mit ihren Drachen sah. Er ließ den Motor wieder an, der alte Diesel klopfte, und Dr. Weigell fuhr gemächlich nach Hause.

Vor der Haustür standen Marie-Ann und Mike. Sie winkten, als Weigell um die Ecke bog und ihn erkannten. Er parkte wie gewohnt vor der geschlossenen Garage, stieg aus und umarmte Marie-Ann. Gleichzeit reichte er Mike hinter dem Rücken seiner Tochter die Hand.

„Na", sagte Weigell unaufgeregt, „was schmiedet ihr denn für Pläne, etwa fürs Wochenende?"

„Gar keine, Pa", antwortete Marie-Ann.

„Hast du vergessen, was Mike dir vor zwei Wochen mitgeteilt hat? Das scheint ja fast so, weil du bis heute nichts dazu gesagt hast."

„Wie bitte, soll ich das verstehen?" stutzte Weigell und versuchte krampfhaft, sich zu erinnern.

„Ich nehme am Workshop in Moskau teil. Ich fliege doch morgen. Der findet im Bolschoi statt, da, wo mal Mama getanzt hat. Sie hat ihre alten Beziehungen aktiviert, sonst wäre ich da bestimmt nicht angenommen worden. Und Mike fliegt morgen nach Hause und in vierzehn Tagen treffen wir uns bei ihm. Ist das nicht geil?"

Weigell hatte alles gehört und wusste nicht, ob er sich freuen oder ärgern sollte. Auf jeden Fall ärgerte er sich, dass er das vergessen hatte. Aber er konnte sich nicht daran erinnern, dass Mike ihm etwas erzählt haben soll, mit Moskau und dann den USA.

„Ihr seid alt genug und Reisende soll man nicht aufhalten!" meinte er lakonisch und wunderte sich selbst, eine solche abgedroschene Floskel verwendet zu haben.

„Du bist doch nicht etwa sauer, Pa?" fragte Marie-Ann. Und Mike ergänzte:

„Ich schwöre, dass ich dir das alles erzählt habe. Übrigens genau vor zwei Wochen, als wir beide zurück nach Hause fuhren, in deinem Auto, erinnerst du dich denn nicht?"

Mike war entrüstet. Er wollte vor seiner Freundin nicht wie ein Lügner dastehen. Weigell erkannte, dass er Mike in eine missliche Situation gebracht hatte.

„Natürlich", sagte Weigell, „das hatte ich ganz verdrängt, es war wohl zu viel los in dem Moment. Entschuldigt. Natürlich freue ich mich für euch. Und morgen geht's schon los?"

Marie-Ann hakte sich bei ihrem Vater unter, zog ihn ins Haus und rief in den Hauseingang:

„Ma, Lara, Papa ist da. Er ist einverstanden!"

„Kann man so interpretieren", meinte Weigell, als er das Haus betrat. Zuerst kam Lara die Treppe heruntergesprungen, hinter ihr, aus Erfahrung sehr vorsichtig, stieg die Dame des Hauses die Treppe hinab. Lara sprang Marie-Ann um den Hals:

„Ich freue mich für dich, Ännchen!"

Katharina küsste Weigell kurz auf die Wange.

„So Kinder, dann lasst mich mal Kaffee kochen, ihr könnt ja schon mal in den Garten gehen".

Sie drehte sich um und verschwand in der Küche. Der frische Duft des Kaffees durchzog schnell das ganze Haus und gelangte ebenfalls in den Garten. Die weiß-rot gestreifte Markise war schon vollständig ausgefahren, und alle hatten sich um den ovalen Gartentisch versammelt.

„So, ihr Lieben, habe ich extra für euch gestern Abend gebacken. Frischen Erdbeerkuchen. Lärchen, holst du noch die Sahne? Die steht schon fertig im Kühlschrank. Wenn ihr beide uns morgen verlasst, sollt ihr wenigstens einen Grund haben, wieder nach Hause zu kommen!"

„Du brauchst nicht traurig zu sein", sagte Larissa „die kommen doch bald wieder!"

„Junge, komm bald wieder, bald wieder nach Haus! Junge, fahr´ nie wieder, nie wieder hinaus", sang Weigell leise vor sich hin.

„Gib Pa mal schnell ein Stück Kuchen, sonst singt er noch alle Strophen von Freddy und dann kommen sie nie wieder nach Hause", rief Larissa quer über den Tisch.

„Wann gehen denn eure Flieger?" fragte Weigell.

„Unser Flug ist für elf Uhr geplant, erst mal nach Frankfurt. Das machen wir noch gemeinsam. Mike fliegt dann weiter um drei nach New York und ich um ca. halb vier nach Moskau. Wenn alles planmäßig läuft."

„Habt ihr keine Angst, ihr beide nachher ganz allein", fragte Weigell?

„Du bist doch auch allein nach Moskau geflogen, damals", konterte Lara.

„Und wer kam dann aus Moskau allein nach Deutschland?" fragte rhetorisch Marie-Ann.

„Das wäre eher eine Besorgnis erregende Parallele für mich. Wer weiß, welchen Seiltänzer sie dann aus Moskau einschleppt!" fragte Mike nicht ohne Ironie.

„Jetzt mach aber mal halb lang, mein Junge. Ich wurde nicht hierher geschleppt. Das nur mal zur Klarstellung. Und Seiltänzer sind auch Künstler, aber davon verstehen so Sternegucker wie ihr natürlich nichts. Ich hätte mehr Möglichkeiten, mich über euer wundersames Tun lächerlich zu machen", erwiderte Katharina, die sich ehrlich brüskiert fühlte.

„Bitte fangt nicht am letzten Tag vor der Abreise noch einen Streit an. Ich jedenfalls finde es sehr mutig von dir, Marie-Ann. Du bist der lebende Beweis, dass unsere Erziehung zur Selbständigkeit erfolgreich war", beschwichtigte Weigell.

„Und ich, bin ich kein Beweis?" fragte Larissa ihren Vater.

„Wenn ich Marie-Ann sage, meine ich immer doch euch beide und genauso umgekehrt. Das weißt du doch", konterte Weigell.

Der frühe Abend verlief, wie er nach Ansicht von Weigell nicht anders hätte verlaufen können. Zwei freuten sich auf ihr Abenteuer, eine wurde immer trauriger und hatte Angst vor der Trennung von ihrem Zwilling, eine sorgte sich mehr um ihren Mann, der längst aus dem Keller eine Flasche Wein geholt hatte. Ihre gutgemeinten Ratschläge konnten nicht verhindern, dass Weigell sich als erster verabschiedete und ins Schlafzimmer verschwand.

Kapitel 16

„Na, Stephan, ohne Mike. Irgendwie hatte man sich an ihn gewöhnt, findest du nicht auch?"

Dr. Zurhove saß allein in der Kajüte nur Dr. Weigell gegenüber. Weigell nickte stumm. Seine Welt war seit einer Woche leerer geworden. Sogar die Sonne schien kraftloser geworden zu sein. Es war wieder Freitagmittag und Weigell resümierte in Gedanken die letzten Tage. Er dachte auch an den ersten Tag, als er Mike kennengelernt hatte und wie sie alle diese außergewöhnliche Konferenz der Eingeschworenen mit erlebt hatten. Seitdem hatte er nichts mehr von dem Außerirdischen gehört. Der Hangar war abgebrannt, aber die Polizei hatte keine andere Brandursache gefunden als eine erhöhte Sonneneinstrahlung. Der Beinahe – Zusammenstoß mit einem Meteoriten hatte überhaupt keine Beachtung gefunden.

Dr. Zurhove schaute Weigell direkt in die Augen, sagte aber nichts, sondern wartete. Weigell zerriss die aufkommende Gespanntheit. Er hatte angefangen zu schwitzen. Er wischte die ersten Schweißperlen von seiner Stirn und sagte mit zittriger Stimme:

„Franz-Helmut, ich fühle mich in dieser Umgebung nicht wohl. Lass uns `rausgehen, weg von diesem Gelände. Ein Spaziergang im Grünen wäre wohl das Beste."

„Soll mir recht sein. Ich trinke nur meinen Kaffee zu Ende. Wir lassen die Autos hier stehen und gehen zur Flussaue. Da sind wir ungestört, OK?"

„Das ist eine gute Idee. Ich rufe noch mal kurz bei Kathi an, dass ich etwas später nach Hause komme, damit sie sich keine unnötigen Sorgen macht. Lara kommt auch erst heute Abend heim. Deswegen ist Kathi heute ganz allein zu Hause, verstehst du?"

„Natürlich, sie ist schon ein besonderes Seelchen."

„Da kann ich dir nur zustimmen", pflichtete Weigell ihm bei.

Zurhove leerte seine Tasse mit dem Rest des Kaffees, kramte in seiner Jackentasche nach seinem Schlüssel, legte ein Zwei-Euro-Stück auf den Tisch und wandte sich zum Ausgang. Da Dr. Weigell noch nichts bestellt oder verzehrt hatte, warf er sich lässig sein helles Sommerjackett über die Schulter und folgte Zurhove auf direktem Fuße.

Schweigend schritten sie nebeneinander her, am Parkplatz vorbei, zum großen, schweren Eisentor, nickten dem Wachmann zu, der links in seinem zu engen Häuschen saß und froh war, wenn er jemanden grüßen konnte. Als sie das Gelände des Instituts verließen, hörte und sah Dr. Weigell, wie auch sein Begleiter tief durchatmete. Er wirkte erleichtert, was ihn bewog, es als Gesprächseinstieg zu nutzen:

„Das tut doch gut, hier mal `raus zu sein und ohne mögliche Kontrolle mal zu reden. Im Institut komme ich mir manchmal vor wie bei Georg Orwell in dem Science-Fiction Neunzehnhundertvierundachtzig."

„Das kannst du wohl laut sagen. Übrigens, wusstest du, dass Orwell das Jahr, in dem er den Roman geschrieben hat, einfach umgedreht hatte"?

„Nein, versteh ich nicht, wie umgedreht?"

„Nun, er schrieb den Roman „neunzehn hundert acht und vierzig" und nannte den Zukunftsroman dann „neunzehn hundert vier und achtzig. Und wir leben jetzt schon über dreißig Jahre später", erklärte Dr. Zurhove.

„Wir leben schon längst in der Zukunft", meinte Dr. Weigell. Ihm war natürlich bewusst, dass Franz-Helmut verstehen konnte, was er damit meinte. Sie gingen die Landstraße entlang. Die Sonne stand schon schräg und blendete. Weigell schützte mit einer Hand seine Augen, blieb stehen und blickte in den Himmel.

„Franz-Helmut, schau dir mal diesen Himmel an! Nicht eine einzige Wolke, traumhaft, einfach fantastisch."

„Das hängt vom Betrachter ab. Die Felder und Wiesen sind komplett ausgetrocknet. Es hat seit Monaten nicht mehr richtig geregnet."

„Da hast du natürlich Recht. Wir schauen seit vielen Jahren ins Weltall und hier, hier bin ich einfach nur Mensch und schaue in den Himmel. Dieser Himmel ist überwältigend – in seiner Farbe und in seiner Unendlichkeit. Mit unserem Wissen können wir behaupten, dass es diesen Himmel immer geben wird, auch wenn wir beide schon Millionen Jahre tot sind."

„So kenne ich dich gar nicht, Stephan".

Nach einigen Schritten erreichten sie einen kaum sichtbaren Feldweg, über den man nur hintereinander gehen konnte. Er war links und rechts von einzelnen Sträuchern begrenzt, die ihre Zweige schon bis über den Weg ausgebreitet hatten. Dr. Zurhove ging voraus und schob den einen oder anderen Zweig mit den Händen zur Seite.

„Da unten am Fluss ist übrigens noch die Bank, auf der wir mal vor dreißig Jahren gesessen haben, als wir hier gerade angefangen hatten. Kannst du dich noch erinnern?" fragte Zurhove. Weigell pflichtete ihm bei und sprach leise, fast wie zu sich selbst:

„Ja, das waren noch Zeiten. Dreißig Jahre, eine lange Zeit und sie ist vorbei, unwiederbringlich."

„Aber bitte werde nicht melancholisch. Du bist wenigstens glücklich verheiratet und hast super Zwillinge, um die dich alle beneiden. Ich bin immer noch Single. Aber ich will keinen Neid in mir aufkommen lassen. Ich freue mich sogar für dich. Ich bin immerhin dein ältester und vielleicht auch dein bester Freund."

„Das bist du wirklich, aber Neid ist überhaupt nicht angebracht. Da könnte ich dir Stories erzählen, die man als Single nie erleben würde."

Zurhove hatte Recht gehabt. Am Flussufer stand eine Holzbank, die noch nie Farbe gesehen haben konnte. Es war ein halbierter Baumstamm, der auf zwei Baumstümpfen ruhte und sogar eine Rückenlehne hatte.

Die beiden Männer setzten sich nebeneinander und schauten auf das schlanke fließende Gewässer. Ein Entenpärchen hatte sich im hohen Gras am Ufer versteckt und man konnte im klaren Wasser die sich unruhig wedelnden Algenfäden beobachten. Aus unterschiedlichen Entfernungen zwitscherten Vögel und trällerten der sich neigenden Abendsonne hinterher.

„Jetzt habe ich hier schon über dreißig Jahre gearbeitet, aber hier habe ich seit damals nie wieder gesessen", sagte Dr. Weigell und genoss den beruhigenden Blick auf das fließende Wasser.

„Ich schon. Früher hatte ich dich schon mal gefragt, ob du mitkommst, in der Pause, mal nach draußen. Aber du wolltest immer früh fertig werden, um schnell nach Hause zu kommen. Auf dich haben eben Frau und Kinder gewartet, auf mich nicht."

„Du sagst es. Die Kehrseite des familiären Glücks ist die Rastlosigkeit, die Hektik, die dauernde Verantwortung. Das ist regelrecht Stress, glaub` mir das!"

„Doch, das kann ich nachvollziehen. Aber nun mal heraus mit der Sprache, was treibt dich um?"

„Die ganze Sache mit den Außerirdischen wird im Institut völlig totgeschwiegen. Was soll man davon halten? Was meinst?" fragte Weigell ungewohnt ernst, schaute aber weiter gerade aus auf das Wasser.

„Wir sind halt noch nicht so weit", antwortete Zurhove.

„Das ist doch keine Erklärung! Es ist allerhöchste Eisenbahn. Warum geschieht nichts. Man redet nicht einmal darüber!"

Weigell fing an, sich ein wenig aufzuregen. Er hatte seine Hände neben sich auf die Holzbank gepresst und seinen Oberkörper vorgestreckt. So konnte er Zurhove nicht ins Gesicht sehen.

„Was soll man da auch groß d´rüber diskutieren. Das ist doch alles Spekulation. Wir sind Wissenschaftler und müssen uns an die verifizierbaren Fakten halten. Das müsstest du als Physiker doch am besten wissen, Stephan!"

„Dieses Geschwafel von Gott und so weiter kann dich vielleicht vom Hocker reißen. Mir ist das völlig egal, aber ich gehe davon aus, dass er uns, die Menschheit, nur ablenken will und eigentlich ein Wolf im Schafspelz ist", sagte Weigell und seine Stimme wurde etwas heller. Zurhove drehte seinen Kopf, was Weigell aus dem Augenwinkel bemerkte, und schaute ihn nun doch direkt an.

„Was redest du denn da für ein Kauderwelsch. Ich verstehe gar nichts mehr!" entgegnete Zurhove verwirrt. Dr. Weigell schluckte, zog langsam die Schulter hoch und fragte wie ein kleines Kind seine Mutter:

„Du warst doch auch dabei und all die anderen, als der Außerirdische zu uns sprach!"

Jetzt hatte er es ausgesprochen, wovor er sich so gefürchtet hatte. Er fühlte die Hitze in seinem Kopf ansteigen. Er glühte schon innerlich.

„Du nimmst mich jetzt auf den Arm, oder?"

„Wie kommst du denn darauf? Das habe ich noch nie getan. Aber die Konferenzen gingen doch so lange. Hast du alles vergessen?" fragte Weigell fast schon zornig.

„Vergessen? Konferenzen? Ich habe eher das Gefühl, dass wir aneinander vorbei reden", entgegnete Zurhove mit fester Stimme. Dr. Weigell schaute wieder aufs Wasser. Sein Kopf stand kurz vor einer Explosion. Er wollte sich nicht eingestehen, dass Zurhove entweder so überzeugend lügen konnte oder bereits in den Fängen des Außerirdischen zappelte. Musste er sich jetzt sogar noch vor seinem besten Freund in Acht nehmen? Wem konnte er denn überhaupt noch trauen. Wenn die fremden Mächte schon seinen besten Freund in den Fängen hatten, dann waren alle in Gefahr. Und Larissa und Marie-Ann, die Zwillinge sogar in allerhöchster Gefahr.

„Ich muss weg", sagte Weigell, ohne Dr. Zurhove anzuschauen. Von Innen fing Weigells Körper an zu vibrieren. Sein Herz schlug bereits spürbar bis zum Hals. Weigell stand auf und sofort erhob sich auch Dr. Zurhove.

„Ich muss mich beeilen. Ich habe etwas Dringendes vergessen. Ich muss unbedingt nach Hause", sagte er immer hastiger.

Weigell schlug denselben Weg ein, den sie auch gekommen waren. Einige dünne Zweige schlugen ihm ins Gesicht. Er spürte hinter sich die Atemluft von Dr. Zurhove im Nacken. Doch langsam verschwand der Atem, die Schritte hinter ihm wurden leiser. Weigell wagte nicht, sich umzudrehen und beschleunigte weiter seinen Gang. Erst als er das Tor des Instituts erreichte, schaute er sich unmerklich um. Weit hinten auf der Landstraße erkannte er Dr. Zurhove. Diesen Abstand konnte er vertragen. Wörter echoten noch in seinen Ohren. Er lief durch das Tor, ohne den Wachmann zu grüßen und schritt auffallend schnell zu seinem Auto. Als er die Wagentür berührte, verbrannte er sich fast seine Finger. Der alte Ford war derart aufgeheizt, dass er erst einmal die Fahrertür sperrangelweit offen stehen ließ. Er schaute sich um und sah Zurhove durch das Eingangstor gehen. Sofort setzte sich Dr. Weigell hinter sein Lenkrad und erblickte Mike auf dem Beifahrersitz. Es kam ihm vor, als hätte er ihn erwartet.

„Hallo Mike. Wartest du schon lange?"

„Nein, ich wusste ja, dass du gleich kommen würdest."

„Ich habe meinen besten Freund verloren!"

Er glühte den Diesel kaum vor und startete sofort den Motor. Dann fuhr er viel zu schnell auf das Tor zu, raste an Zurhove und dem Wachmann vorbei, die er mit offenem Mund unbeachtet stehen ließ und bog rechts auf die Landstraße ein. Er drückte den Fensterknopf an seiner Tür. Die Scheibe ruckelte quietschend herunter und Weigell atmete erleichtert tief durch. Mike ließ sein Fenster geschlossen.

„Den haben wir erst einmal hinter uns", begann Weigell gleichsam erlöst das Gespräch.

„Das kannst du dir nicht vorstellen, Mike! Franz-Helmut, also Dr. Zurhove, mein bester Freund, mein ehemals bester Freund, ursprünglich Theologe, hat sich manipulieren lassen. Diese Anti-Atheisten, wie ich sie nenne, sind per se anfällig für Autoritäten und Mitläufertum. Das eine sage ich dir, ich lass mich nicht derart verbiegen oder erst recht nicht das Rückgrat brechen. Du warst doch auch dabei, bei den Konferenzen mit dem Außerirdischen, oder?"

Mike sah stur geradeaus auf die Straße und sagte ohne jede Regung:

„Natürlich war ich dabei."

„Ich dachte schon, ich leide an Halluzinationen. Und der Hangar war ja auch abgebrannt und dieser Meteorit, also wenn ich nicht die Amerikaner gewarnt hätte und der riesige Brocken hätte die Erde touchiert, das wäre eine Weltkatastrophe geworden! Zum Glück mussten sie nicht eingreifen. Jede Frühwarnung an die Menschheit wäre zu spät gewesen."

Weigell fuhr nun etwas langsamer und drehte seinen Kopf kurz nach rechts, um Mikes Reaktion zu sehen. Er schaute ihm direkt in die Augen und er roch dieses auffällige Parfüm, dass er bisher nur bei Mike gerochen hatte. Es musste ein amerikanisches sein. Es wirkte frisch, jugendlich und passte zu seinen schwarzen langen Haaren. Er besaß auch Parfüm. Nur, er benutzte es nicht. Das war nicht seine Welt. Weigell konzentrierte sich wieder auf die Fahrbahn. Die schmale Straße hatte zwar zwei Spuren und war auch mit weißen Markierungen getrennt, aber bei hundert Stundenkilometern fuhr Weigell über die Mitte. Es war weithin kein Gegenfahrzeug zu erkennen. Es bleibt eine gottvergessene Landschaft, dachte er und musste innerlich schmunzeln. Dass er gerade von gottverlassen sprach, amüsierte ihn. Er entlarvte gerne solche oberflächlich dahin gesprochenen Floskeln, wie: Gott sein Dank, indem er mitten im Gespräch nachfasste und fragte: Wem sei Dank? Und damit sein Gegenüber in Verwirrung versetzte.

„Dieses Gefasel mit dem einen Gott und der neuen Welt, die ohne Hass und Krieg herkommt, das halte ich alles für übertriebenen Unsinn, was meinst du, Mike?"

Mike schwieg, aber er schien ihm nicht widersprechen zu wollen.

„Die ganz große Gefahr sehe ich darin, dass die Menschheit über die Existenz von Außerirdischen in Kenntnis gesetzt wird. Dass Erich von Däneken vielleicht recht hat, ist mir dabei völlig schnuppe. Aber die dumme Masse flippt aus. Die sind sensationsgeil und machen jeden sinnvollen Kontakt zunichte. Aber zur Menschheit gehören auch die Amerikaner, die Chinesen, Russland, alle ihre Geheimorganisationen und verbrecherischen Handlanger. Und nicht zu vergessen, die unterschiedlichsten anderen Terrorstaaten und Vereinigungen, die von Afrika bis in den Orient ihre blutige und menschenverachtende Ideologie unter dem Scheinmantel von Religion verbreiten. Alle wollen die neuesten Waffen, um alle anderen zu bekämpfen, auszurauben oder auszubeuten, was übrigens immer auf dasselbe hinausläuft. Bei diesem

Kampf um das Wissen der Außerirdischen wird man bereits vor jedem Krieg über Leichen gehen."

Mike stimmte nichts sagend zu.

„Das ist das Eine, was auf jeden Fall verhindert werden muss. Das andere ist das, wovon ich mittlerweile mehr als überzeugt bin: Sie suchen Zwillinge, um ihr Klonen zu optimieren. Als wenn sie da etwas über die Gene erkennen könnten! Darum sind Lara und Marie-Ann in absoluter Gefahr und dann kommt noch hinzu, dass Marie-Ann in Russland ist, in Moskau. Wenn die dort herausbekommen, dass ihr eigener Vater so hautnah an den Außerirdischen ist, schwebt sie in Lebensgefahr."

Weigell hatte es nun wieder eiliger, nach Hause zu kommen. Die Straße war weiterhin frei und die Birken links und rechts entwickelten die Eigendynamik eines Daumenkinos. Da meldete sich Mike zu Wort. Er sprach so leise, dass Weigell schon meinte, Mikes Stimme käme aus seinem Bauch. Aber er saß ja neben ihm, und er sah ihn und er konnte sein Parfüm riechen.

„Aber in einem Punkte muss ich dem Außerirdischen Recht geben. Wenn man von außen auf die Welt blickt, kann man nicht verstehen, dass sich die Menschen auf ihrem eigenen Planeten derart gegenseitig bekämpfen und bisweilen sogar umbringen, obwohl sie wissen, dass sie sowieso sterblich sind. Das ist für ein denkendes Gehirn nicht nachvollziehbar."

Mike ergänzte den Gedankengang von Weigell:

„Aber dafür brauche ich kein Außerirdischer zu sein. Das ist auch dem gesunden Menschenverstand zuwider. Genauso die Zerstörung der Umwelt, die unzähligen Atomkraftwerke weltweit, die Verschwendung von Lebensmitteln. Das alles sind doch hausgemachte Katastrophen. Ein Drittel der Weltbevölkerung ist am verhungern. An Hunger sterben täglich Millionen von Kinder und dann wird in unseren Medien stumpf behauptet, dass es kein besseres Staats- und Wirtschaftssystem als das heutige gäbe."

„Ja, genau. Solange das System `Ausbeutung´ am Zuge ist, wird es Hunger geben. Ausbeutung widerspricht jeder Ethik, allem Humanismus. Hat man denn aus den Achtundsechziger gar nichts gelernt? Kann das die heutige junge Generation überhaupt verstehen, Mike? Du gehörst doch dazu?"

„Du musst dir jetzt überlegen, was du zuhause machen willst. Wir sind gleich da."

Die Stimme von Mike hatte Weigell noch sorgenvoller und ängstlicher gemacht. Weigell bog in die Seitenstraße und parkte wieder vor der geschlossenen Garage des roten Fachwerkhauses. An der Tür erwartete ihn schon Larissa. Sie trug ihren weißen Trainingsanzug mit lichtblauen Streifen an den Seiten und rote Joggingschuhe. Ihre Haare hatte sie nach hinten zu einem Pferdeschwanz zusammengebunden und Schweiß stand auf ihrer Stirn. Die Sonne brannte schräg auf das Haus und in die offene Tür. Die Schatten dahinter waren pechschwarz. Es schien, als wenn plötzlich die Vögel aufhörten zu zwitschern.

„Gut, dass du kommst. Ich mach mir schon solche Sorgen. Weil ich nicht wusste, was ich machen sollte, habe ich mich einfach mit Joggen abreagiert."

Lara wirkte sehr aufgeregt und hüpfte von einem Bein auf das andere.

„Jetzt geh erst mal zur Toilette, Lärchen. Gleich reden wir über alles".

Dabei hob er seinen linken Arm und zeigte ins Haus, drehte sich dann wieder um und ging die wenigen Schritte zurück zu seinem Wagen. Er bückte sich, sah durch das offene Seitenfenster Mike sitzen und sagte:

„Du bleibst hier und rührst dich nicht. Lara glaubt ja, dass du in Amerika bist."

Er hielt kurz seinen gestreckten Zeigefinger gegen seine Lippen und lief zum Haus. Er durchschritt das warme Gebäude bis zur Terrassentür, die ebenfalls völlig offen stand. Da braucht man sich nicht zu wundern, wenn das ganze Haus aufgeheizt wird, dachte er und setzte sich an den Gartentisch. Er beobachtete die Spatzen am kleinen Teich. Eine schwarze Drossel badete am Rand und schlug die durch Untertauchen der Flügel eingefangen Tropfen wieder ab. So frei und unbekümmert wie kleine Kinder, dachte er. Da kam auch schon Lara wieder und setzte sich neben ihn.

„Ich habe mich zwar extrem beeilt, heute nach Hause zu kommen, aber beruhige dich erst einmal. Nichts wird so heiß gegessen, wie es gekocht wird".

Weigell wunderte sich über sich selbst, einen so abgedroschenen Spruch von sich gegeben zu haben, der in dieser Situation eher das Gegenteil bewirkt, da Lara dieses scheinbare Herunterspielen durchschaute. Darum fügte er sofort die Frage an:

„Wo ist eigentlich Mama?"

Larissa rannen die ersten Tränen über das Gesicht.

„Wenn ich das genau wüsste. Sie geht nicht an ihr Handy. Sie hat den kleinen Rollkoffer, den roten, mitgenommen. Habt ihr euch gestritten?"

Dabei umfasste sie beide Hände von Weigell, so wie sie es immer tat, wenn sie Angst hatte und bei ihrem Vater Schutz suchte. Er fühlte aber ihre Hände kaum. Er fühlte viel mehr den zarten Druck von Händen auf seiner Schulter. Eine sanfte, weibliche Stimme hinter ihm flüsterte:

„Amigo". Er wagte nicht, sich umzudrehen. Er wusste, wer es war.

„Ich weiß, dass du mich liebst", sagte er leise. Lara schaute ihn verdutzt an:

„Was?"

„Ach, ich wollte sagen, ich weiß, dass sie mich liebt, deine Mutter", haspelte Weigell direkt hinterher. Er konnte unmöglich seiner Tochter erklären, dass Sonja hinter ihm stand. Aber er war irgendwie erleichtert und froh, dass er mit dem Problem nicht mehr alleine da saß.

„Woher wusstest du, dass Mama weg ist und dass Marie-Ann einen Unfall hatte. Hat Mama dich angerufen?" fragte Lara.

„Nein, das wusste ich nicht. Bitte, was ist mit Marie-Ann? Wo ist Kathi hin? Ich verstehe das alles nicht! Sag mir bitte sofort, was hier los ist."

Den Schweißausbruch konnte Weigell nicht verhindern und hatte auch alle Mühe, nicht jetzt schon seinen Verstand zu verlieren.

„Pa, ich mache mir solche Sorgen um Ännchen!" Larissa schrie schon fast.

„Jetzt sag schon, was du weißt, du machst mich noch ganz meschugge!" Auch Weigell wurde lauter.

„Da hat jemand aus Moskau angerufen und sagte etwas von einem Unfall oder so ähnlich. Ich konnte ihn nicht gut verstehen, aber vom Akzent her, musste es russisch sein."

Weigell unterbrach sie:

„War deine Mutter denn nicht da? Konnte sie nicht mit dem Russen sprechen?"

„Doch, sie war ja da. Sie hat auch mit ihm gesprochen, aber auf Russisch. Ich habe nur etwas von Unfall mitbekommen. Mama ist dann sofort nach oben und hat ihre Sachen gepackt und gesagt, dass sie auf gut Glück zum Flughafen nach Bremen fährt und ich sollte hier bleiben und auf dich warten. Und du sollst auch hier warten."

Weigell bemühte sich um einen ruhigen Tonfall, um Laras Panik nicht noch weiter zu fördern. Er glaubte nicht an einen Unfall. Er war sich sicher, Marie-Ann wurde vom Geheimdienst in Moskau festgehalten. Und wenn Katharina dort hin will, ist sie sich sicher, dass sie Marie-Ann wieder befreien kann, mit ihren alten Beziehungen und Seilschaften.

„Aber typisch Kathi, nicht denken, nicht sprechen, keine Nachricht und ab durch die Mitte. So habe ich sie kennengelernt, eure Mutter. Und da war sie schon Mutter, wie ihr wisst, aber ich wusste es erst nicht. Man konnte es ihr ja auch noch nicht ansehen."

Weigell wurde nachdenklich.

„Was sollen wir denn nun tun?"

Lara begann zu weinen. Weigell erhob sich langsam und zog sie an sich hoch. Sie war genauso groß wie er. Er schaute an sie vorbei in den Garten. Die Vögel waren verschwunden, das Zwitschern verstummt. Er umarmte sie, drückte sie ganz fest an sich und sagte:

„Du passt auf dich auf und ich werde Mama hinterherfahren."

Lara beruhigte sich, fragte aber:

„Wieso auf mich? Ännchen ist verunglückt. Wer weiß, wie es ihr geht! Ich will zu ihr!"

Weigell sah, wie sie ihre Hände zu Fäusten ballte, wobei sie sich breitbeinig vor ihm aufbaute. So hatte er sie schon früher gesehen, wenn sie etwas durchsetzen wollte. Ab jetzt sollte man sie behutsam behandeln, damit sie nicht unberechenbar wird.

„Du kannst unmöglich auch noch nach Moskau fliegen. Es reicht, wenn Mama dorthin unterwegs. Sie kennt sich da bestens aus. Es ist doch ihre Heimat, hast du das vergessen. Ansonsten könnte ich genauso nach Moskau fliegen wie du!"

„Das hat mir gerade noch gefehlt. Alle drei Frauen in Moskau und in der Gewalt übermächtiger Kräfte."

Mehr wollte Weigell ihr nicht verraten oder auch zumuten. Das war eigentlich schon zu viel. Er vermutete, dass die Außerirdischen bereits in Russland auf der Suche nach seinen Zwillingen waren. Er musste Larissa in ihrem eigenen Interesse anlügen:

„Ich muss auf deine Mutter aufpassen, die will immer mit dem Kopf durch die Wand. Ich werde ihr nachreisen. Aber es muss sich jemand um dich kümmern. Ich werde mal Mike fragen".

Er ließ sie wie angewurzelt stehen und schritt langsam zur Haustür. Im Glas der offenen Haustür spiegelten sich die Konturen Laras und er sah, dass sie ihm folgte. Er ging weiter zum Auto und bückte sich zum offenen Seitenfenster. Mike saß immer noch da wie festgebunden und schaute ihn mit fragenden Augen an.

„Mike, du musst auf Lara aufpassen. Ich muss hinter Kathi her. Die ist auf dem Weg nach Moskau!"

„Aaahhhh!"

Weigell zuckte erschrocken zusammen.

„Du bist verrückt geworden", kreischte Lara hinter ihm. Er drehte sich um und sah, wie sie wieder ins Haus rannte. Er wandte sich Mike zu und sagte:

„Sie ist in Gefahr. Was soll ich nur mit ihr machen?"

„Bring sie in Sicherheit. Keiner darf sie finden!"

In diesem Moment war in Weigell der Plan geboren. Er musste sie einschließen. Sie durfte nicht in der Öffentlichkeit erscheinen. Die Außerirdischen können mit ihrer Technik ganz bestimmt jeden Millimeter auf der Erde erkennen. Sie werden sie finden. Davon war er jetzt überzeugt. Er hatte sofort die Kellertür vor Augen. Es war die einzige Tür im Haus, die man von außen abschließen, aber nicht von innen öffnen konnte. Während er ins Haus lief, überlegte er, wie er Lara in den Keller locken könnte. Er musste sich möglichst normal verhalten, dass sie keinen Argwohn schöpfte. Er ging in die Küche, dann ins Esszimmer, schloss die Terrassentür leise und ging langsam, fast bedächtig, aber bewusst geräuschvoll die Treppe hinauf. Sie wird wohl in ihrem Kinderzimmer sein, vermutete er. Er ging ins Schlafzimmer, von dort aus direkt ins Bad, zog sich aus und stellte sich unter die Dusche. Das kalte Wasser war in dieser Hitze eine Wohltat. Von da an wusste er, was er zu tun hatte. Er ließ das Duschwasser weiter laufen und zog sich bis auf die Socken wieder an.

„Hallo Lara, hörst du mich? Ich bin unter der Dusche. Mir geht es besser!"

„Wirklich?" hörte er die noch verheulte Stimme seiner Tochter.

„Ja. Ich brauche aber nicht viel Gepäck. Ich suche meinen alten Rucksack. Du weißt doch, den grünen aus meiner Studienzeit!"

Er wartete. Dann kam die erwartete Antwort.

„Der ist doch sicherlich in der hintersten Ecke des Kellers, in dem letzten kleinen Raum, wo du auch die alten Bücher verstaut hast."

„Ich bin noch ganz nass!"

„Hab` schon verstanden. Ich hole ihn dir!"

Er hörte Trippelschritte durch den oberen Flur, dann die bekannten Sprünge über drei Stufen. Er riss die Tür zum Flur auf. Bei dieser Geschwindigkeit knarrte sie nicht. Er rannte auf Zehenspitzen, so leise er konnte, die Kellertreppe hinunter und sah das Licht im hinteren niedrigen Kellergewölbe. Kurzerhand griff er die breite bronzefarbene Messingschnalle und drückte die Kellertür von außen zu, schob die Schnalle über den in Stein eingelassenen Rundhaken und drückte das Kettenschloss mit einem kräftigen Ruck zu.

„So", sagte Weigell und dachte: Jetzt ist sie in Sicherheit. Werde jetzt nur nicht weich, wenn sie Theater macht. Er schritt erleichtert die Kellertreppe wieder hinauf, ging dann durchs Haus und kontrollierte, ob alle Fenster und Türen auch verschlossen sind und ließ überall die Jalousien hinunter.

„Papa! Papa, Stephan!" schrie es aus dem Keller.

Soll ich sie beruhigen? fragte er sich. Wird sie vielleicht noch mehr durchdrehen? Sie versteht es ja nicht.

„Es ist nur zu deiner Sicherheit", rief er die Kellertreppe hinunter.

„Du brauchst keine Angst zu haben, ich komme so schnell wie möglich wieder, versprochen. Verhalte dich ruhig. Tu dir selbst den Gefallen!"

„Lass mich hier raus. Ich tue, was du willst, aber lass mich hier raus!" schrie sie von unten.

„Das geht nicht! Verhalte dich ruhig, dann wird dir auch nichts geschehen. Bis später!"

Er rannte nach oben, zog seine beigen Socken an, schlüpfte in seine Sommersandalen und verließ das Haus. Er fühlte noch in der Gesäßtasche nach seinem Portemonnaie, den Schlüssel hatte er in der Hand und schloss die Haustür zweimal ab.

Kapitel 17

Im Auto brauchte er einige Sekunden für eine Verschnauf- und Denkpause. Sein Seitenfenster war noch unten und neben ihm saß Mike und schaute ihn mit offenem Mund und großen Augen an.

„Wir fahren jetzt nach Bremen zum Flughafen. So viele Flüge gehen ja nicht nach Moskau. Was glaubst du, Mike? Und alle Flüge nach Moskau gehen sowieso entweder über Düsseldorf oder Frankfurt."

Mike antwortete nicht und Weigell wertete das Schweigen als Zustimmung.

„Man kann nicht nicht kommunizieren, hat mal Wazlawik geschrieben. Man kann auch salopp sagen, keine Antwort ist auch eine Antwort."

Er fuhr, ohne nach hinten zu schauen, rückwärts vom Parkplatz im gewohnten Bogen auf die Straße, schaltete in den Vorwärtsgang und hörte seine Reifen quietschen. Noch einen kurzen Blick zur letzten Kontrolle auf das verschlossene Haus und er befand sich schon auf der Landstraße.

Weigell bemerkte seit langem mal wieder eine gewisse Freude an der Geschwindigkeit. Er hatte sich angewöhnt, fast nie über siebzig Stundenkilometer zu fahren. Reisen statt rasen war sein Motto und die Landschaft genießen, würdevoll dahingleiten und die Gedanken fließen lassen. Er hatte alle Spielarten beschleunigter Fahrweise ausprobiert und berechnet. Die durchschnittliche Fahrtzeit änderte sich nur unwesentlich, wenn man ab und zu mal überholte und bei Gelegenheit mal schneller fuhr, so schnell, wie es die Beschilderung erlaubte. Diese wenigen Minuten der Ersparnis stand man dann entweder an der nächsten Ampel oder vergeudete sie bei der anschließenden Kaffeepause. Ganz abgesehen von der zusätzlichen Anspannung und Aufmerksamkeit, die auch ein Mehr an Energieverbrauch des Gehirns bedeutete und nur zu einer früheren Ermüdung führte. Mit seiner Fahrweise würde es auch viel weniger Unfälle gaben, davon war er überzeugt. Jetzt aber hatte er Spaß an der Schnelligkeit. Und er hatte es ja auch eilig. Das genügte ihm als Rechtfertigung. Er wollte Katharina noch am Flughafen erwischen oder spätestens in Frankfurt oder Düsseldorf. Er machte sich Gedanken, was wohl wirklich mit Marie-Ann passiert sein könnte. So ganz glaubte er nicht an einen Unfall. Da muss doch mehr dahinter stecken. Wenn es ein Unfall gewesen wäre, hätte sie ihm oder Lara mitgeteilt, ob und was denn vielleicht gebrochen sei. Sollte es sich wirklich nur um einen Beinbruch handeln, dann brauchte sich Katharina nicht so zu beeilen. Im Grunde kann man auch nach einer OP wieder ins Flugzeug steigen und nach Hause fliegen. Da muss noch etwas Anderes dahinter stecken. In der Ferne konnte er schon die ersten Hochhäuser von Wilhelmshaven sehen. Bald würde die Autobahn nach Bremen kommen.

„Noch wenige Minuten und wir fahren gleich auf die A Neunundzwanzig. Diese Autobahnstrecke ist immer wenig befahren. Da können wir so richtig auf die Tube drücken", sprach Weigell und freute sich.

Noch vor der Auffahrt zur Autobahn musste er in der Kurve vom Gas heruntergehen. Ein strahlend weißer Volvo Kombi kam ihm mit ziemlich hoher Geschwindigkeit entgegen. Wenn das nicht der Wagen von Franz-Helmut war, dachte Weigell und beobachtete den vorbeifahrenden Wagen erst im Seitenspiegel, dann im Rückspiegel an der Windschutzscheibe. Und tatsächlich. Der Volvo hielt an. Weigell trat automatisch auch auf die Bremse und brachte den Wagen halb auf dem vergilbten Rasen, halb auf der Straße zum Stehen. Der Volvo hatte gewendet und parkte genau hinter ihm. Dr. Zurhove stieg aus dem Auto und Weigell konnte nicht anders, als auch auszusteigen.

„Stephan, gut dass ich dich doch noch erwischt habe", rief Zurhove ihm sofort zu.

„Was willst du, Franz-Helmut?" fragte Weigell ohne Umschweife.

„Ich will gar nichts von dir. Aber ich verstehe dich nicht. Auf jeden Fall sollst du dringend deine Frau anrufen, hörst du?"

„Katharina"? fragte Weigell irritiert. Ist das wieder so ein Trick, dachte er, ihn in eine Falle zu locken?

„Ja, Katharina. Sie versucht, dich schon seit Stunden zu erreichen. Hast du dein Handy nicht an? Ich verstehe es nicht!"

„Das ist durchaus möglich. Mein Handy liegt ja immer nur im Handschuhfach. Das weißt du doch und Kathi weiß das auch. Warum diese Aufregung?"

„Warum diese Aufregung? Das fragst du noch? Katharina ist auf dem Weg nach Russland, deine Tochter sitzt in Moskau fest und du wunderst dich, dass wir alle aufgebracht sind und kein Mensch weiß, wo du dich rumtreibst. Bei dir zuhause geht auch keiner ans Telefon und sogar Larissa geht nicht mal an ihr Handy. Du bist doch nicht ganz klar im Kopf. Und ich wollte dir helfen. Aber nun will ich nur noch Kathi helfen und deiner Tochter. Die muss ich erst einmal informieren, dass du lebst und durch die Gegend kurvst. Mach du doch, was du willst!"

Zurhove war schon ganz aus der Puste, so heiß hatte er sich geredet. Sein Gesicht schimmerte wie blank geputztes Kupfer in der Sonne. Weigell ließ sich von der Aufgeregtheit Zurhoves nicht beeinflussen.

„Glaube nur nicht, dass ich mich dafür bei dir bedanke. Mir ist doch längst klar, auf welcher Seite du stehst."

Als Weigell sich von ihm abwandte, um zu seinem Auto zurückzugehen, schrie Zurhove hinter ihm her:

„Was ist nur aus dir geworden. Ich habe Kathi versprochen, ihr zu helfen und mich um Larissa zu kümmern!"

Als Weigell das hörte, begann sein Blut zu kochen. Er musste verhindern, dass Zurhove zu ihm nach Hause fuhr und auch noch Lara entführte. Es gab nur noch eine Chance. Er stieg in seinen alten Ford, der mit einer angerosteten Anhängerkupplung bestückt war, sah in den Rückspiegel, ließ den Motor an und wartete ein paar Sekunden, bis auch Zurhove in seinem Wagen saß. Dann legte er den Rückwärtsgang ein, gab Vollgas, ließ die Kupplung in einem Ruck los und die Reifen quietschten. Der alte Ford machte einen gewaltigen Satz, den man einem Diesel nicht zugetraut hätte und rammte sich in den Kühler des Volvos. Fast wäre Weigell mit dem Kopf auf dem Lenkrad gelandet, aber er hatte sich innerlich auf den Rückstoß vorbereitet. Es hatte gewaltig gekracht. Weigell drehte sich sofort um und sah, dass die Motorhaube des Volvos aufgesprungen war. Weißer Dunst war gleichzeitig aufgestiegen, sodass Weigell seinen alten Freund nicht erkennen konnte. Es begann laut zu zischen. Weigell legte den ersten Gang ein und fuhr blindlings auf die Straße, ohne auf einen möglichen weiteren Verkehrsteilnehmer zu achten. Nach wenigen Sekunden war er im vierten Gang und sah auch schon das Schild ´Autobahnauffahrt A 29 Richtung Oldenburg/ Bremen`. Als Weigell die Auffahrt genommen hatte und die ersten Kilometer auf der zweispurigen Autobahn hinter sich hatte, zog er kräftig Luft in seinen Brustkorb und atmete langsam und genüsslich aus.

„Mike, das hätten wir geschafft. Der holt mein Lärchen garantiert nicht aus dem Haus, der nicht".

Er schaute auf seinen Beifahrer, der ihm wohlwollend beizupflichten schien.

„Fahr vorsichtig, Amigo", flüsterte eine zarte Stimme von der Rückbank. Ein eiskalter Schauer lief ihm über den Rücken. Er hielt die Luft an, ließ den Wagen unverändert gleich schnell weiterfahren und fokussierte seine Gedanken auf das Wageninnere. Vorsichtig blickte er zu Mike, der ihm zulächelte:

„Deine alte Liebe, nicht wahr, Stephan"?

„Ja", hauchte Weigell und musste schlucken. Sein automatisches Bewusstsein hatte sich eingeschaltet. Er fuhr, ohne es als solches wahrzunehmen. Er beschleunigte korrekt, um einen Lastwagen vor ihm zu überholen. Er betätigte ordnungsgemäß den Blinker beim Wechsel auf die rechte Spur und fuhr in zwei Welten. Er spürte seinen Nacken. Habe ich doch etwas mitbekommen, von dem Aufprall, dachte Weigell und erinnerte sich an einzelne Wörter von Franz-Josef. Die Autobahn hatte sich geleert und er ließ den Wagen einige Sekunden einfach nur rollen und öffnete den Sicherheitsgurt. Dann beugte er sich zum Beifahrersitz, ohne den Blick von der Straße zu lassen und griff ins Handschuhfach. Er angelte blind sein altes Handy zwischen dem kleinen Gerümpel heraus. Es war tatsächlich ausgestellt. Er drückte, ohne hinzusehen, auf die Startertaste. Das Gerät vibrierte, gab einen kurzen Ton von sich und es dauerte auch nicht lange, erklang die Melodie, die anzeigte, dass sich eine Nachricht auf der Mailbox befand. Er wählte die vier-sieben-eins-zwei und hörte die bekannte weibliche Ansagerin:

´Sie haben sieben neue Nachrichten, heute neunzehn Uhr einunddreißig. Katharinas Stimme: Stephan, Stephan, bist du`s? Nein, wieder nur die Mobilbox! Ich bin`s, Katharina. Ich kann dich den ganzen Nachmittag nicht erreichen, wo steckst du? Ich bin auf dem Weg nach Moskau. Über Frankfurt. Absolut wichtig. Irgend so ein verrückter KGB-Knochen hat Marie-Ann verhaftet. Sie sollte aber keinem etwas davon erzählen, sondern einen Unfall vorgeben. Der Idiot hatte immer noch mein altes Fahndungsfoto und hat mich nun wiedererkannt, aber das konnte ich ja nicht sein, ich bin ja dreißig Jahre älter. Wenn solche Leute nicht mitdenken. Katastrophe! Erstens gibt es keine Sowjetunion mehr und auch nicht mehr das alte KGB. Aber mein Foto muss da schon drei Jahrzehnte hängen geblieben sein. Du weißt doch, dass die beiden haargenau so aussehen wie ich mit fünfundzwanzig, als ich zu dir in den Westen abgehauen bin. Die spinnen, die Russen. Ich werde denen gehörig den Kopf waschen. Ich habe den Rückflug gleich mit gebucht für Marie-Ann und mich. Wir sind morgen Vormittag um circa elf Uhr in Frankfurt. Bitte melde dich und pass auf Larissa auf! Ende´.

Von hinten ertönte die Hupe eines Schiffsdampfers. Weigell schaute in den Rückspiegel. Ein riesiger LKW, dessen Fahrersitz so hoch war, dass Weigell ihn nicht sehen konnte, saß quasi auf seiner Stoßstange ohne jeglichen Abstand. Der Tacho zeigte achtzig und sofort drückte Weigell das Gaspedal durch. Nach wenigen Sekunden war der alte Abstand wieder hergestellt und Weigell ging wieder mit der Geschwindigkeit auf einhundert dreißig herunter.

„Jetzt muss ich neu überlegen", sprach er zu sich selbst und schaute zu Mike hinüber. Sein Beifahrer starrte unentwegt auf die Autobahn und hielt sich vornehm zurück.

„Amigo", tönte es zaghaft von hinten. Eine innere Ruhe überströmte nun Weigell, die er sich in Anbetracht der dramatischen Situation nicht erklären konnte. Er entspannte sich. Der buchstäbliche Krach mit Franz-Helmut – bei dem Wort Krach musste Weigell unweigerlich schmunzeln. Was hatte Kathi auf die Mobilbox gesprochen? fragte er sich und versuchte, sich an den Wortlaut zu erinnern. Auch dachte er an die Gefahr durch die Außerirdischen, die ihm die Töchter wegnehmen wollten. Das alles versuchte Weigell verzweifelt zu ordnen.

„Mike", sagte er halblaut.

„Mir schwant etwas Böses. Oh Gott, wenn sich das bewahrheitete, dann ist es das Ende, mein Ende. Weißt du, was mir immer deutlicher wird? Katharina ist gar nicht aus der damaligen Sowjetunion geflüchtet und hat die politisch günstige Situation für sich nicht genutzt. Sie hat mich damals belogen und belügt mich heute. Nein, sie ist damals geschickt worden. Sie hatte einen Auftrag, einen Spionageauftrag. Ich hatte ihr gesagt, dass ich im Militärbereich für die Erforschung des Weltraums tätig bin. Das war damals und ist heute noch für die Russen höchst interessant. Und man hat keine Rücksicht darauf genommen, dass sie bereits schwanger war. Sie musste gehorchen. Und die Farbe Rot war ihr nicht zuwider. Und links war sie sowieso. Da ist sie bei mir auf fruchtbaren Boden gefallen. Ich als Spätachtundsechziger, verstehst du? Die einen liebäugelten mehr mit den Maoisten, den Chinesen, die anderen eher mit den Kommunisten in der DDR und dem Ostblock. Für uns waren die Sozialisten schon rechts und die Sozialdemokraten der Steigbügel des Kapitalismus. Und ich habe ihr geglaubt und ihre Ehrlichkeit ins Absolute gelobt, als sie mir ihre Schwangerschaft beichtete. Wie konnte ich nur so blöd sein?"

Mike hielt sich wortlos zurück.

„Das ist auch der Grund, warum sie sich schon auf dem Hinflug so sicher war, dass sie das Missgeschick, wenn es überhaupt eins war, klar würde regeln können. Sie braucht nichts und keinem den Kopf zu waschen. Sie gehört zur anderen Seite. Wenn ich das gewusst hätte!"

Weigell spürte, wie seine geistige Kraft nachließ. Er versuchte, bewusst für einige Minuten abzuschalten. Am liebsten würde er jetzt ein Kännchen Kaffee trinken. Er fuhr konstant seine Reisegeschwindigkeit weiter und hielt nach einem Schild Ausschau, dass auf eine Ratsstätte oder Tankstelle hinwies.

Zur Entspannung tat er nun aber etwas, was er selten machte: Er stellte das Radio an. Es war kurz vor einundzwanzig Uhr, und die Sonne war bereits untergegangen, aber es war noch nicht dunkel. Wie alle anderen, hatte er auch tagsüber das Abblendlicht an. Der NDR 1 spulte noch sein Werbeprogramm ab und nun sollten eigentlich die Nachrichten kommen. Aber Weigell musste etwas völlig Anderes hören:

„Liebe Zuhörer und Zuhörerinnen des NDR, gerne helfen wir auch mal der Polizei. Sie sucht einen grauen Ford Mondeo, der höchstwahrscheinlich in Richtung Süden unterwegs ist. Sein Kennzeichen lautet", Weigell konnte es laut mitsprechen. Er kannte sein Autokennzeichen.

„Sachdienliche Hinweise nimmt jede Polizeidienststelle entgegen."

Wie weit ist es mit mir gekommen, dachte Weigell. Er wurde aber nicht nervös, sondern innerlich kalt. Was war nun zu tun?

„Mike, pass mal auf! Es wird nicht lange dauern und über uns tauchen Hubschrauber auf. Dann haben wir verloren. Alles."

Weigell fing an, fieberhaft nachzudenken. Er konnte mit diesem Auto nicht weiterfahren. Unmöglich. Ich brauche einen anderen Wagen. Wie soll ich das anstellen? Ich weiß nicht mal, wie man ein Auto aufbricht, geschweige denn kurzschließt, mit der heutigen überladenen Computertechnik.

Kapitel 18

Endlich ein Schild. Nächste Raststätte in fünfunddreißig Kilometern. Weigell rechnete laut:

„Sechzig durch Einhundert dreißig, das macht rund null Komma vier, sechs, das dann mal fünfunddreißig, macht rund sechzehn. Eine gute Viertelstunde bis zur Raststätte, Mike. Bis dahin müssen wir uns etwas überlegt haben."

Bei dieser Geschwindigkeit, so vermutete er logisch, wird man selten überholt und überholt auch andere eher selten. Je weniger Autofahrer ihn sehen, umso besser. Er merkte, dass er sein Problem nicht mit Logik in den Griff bekommen konnte. Er erinnerte sich an seine Studienzeit. Wie war man damals mit komplexen Problemen umgegangen?

„Wir haben unser Unterbewusstsein beauftragt, das Problem anzugehen, einfach so, indem man das Gehirn sich selbst überließ, die Gedanken frei laufen ließ, auch ganz andere Dinge dachte, die gar nicht zum Problem zu passen schienen. Mike, das Gehirn ist ein Wunderorgan. Da sollten wir mehr daran forschen als uns in der Unendlichkeit des Weltalls zu verlieren, verstehst du?"

Und Weigell ließ seinen Gedanken freien Lauf. Er schob bewusst jede sich andeutende Anstrengung zur Seite. Er wollte nicht bewusst das Problem angehen und empfand eine aufsteigende Leichtigkeit. Diese kreative Phase wurde allerdings sehr plötzlich unterbrochen. Das Schild Autobahnraststätte sah er gleichzeitig mit einem Hubschrauber, der über ihn hinweg flog, aber der Autobahn weiter folgte.

„Hab` ich`s doch gewusst", rief er und bog in die Abfahrt zur Raststätte ein. Er folgte der hintersten Spur direkt vor der Ratsstätte her, fuhr bis an den Rand des Parkplatzes, der von Bäumen begrenzt wurde. Er manövrierte den Wagen geschickt zwischen zwei Bäume über den Rand des eigentlichen Parkplatzes hinaus, damit der Wagen aus der Vogelperspektive möglichst nicht sofort erkannt werden konnte. Dann erinnerte er sich, dass im Handschuhfach noch einige Filzstifte liegen mussten, von der letzten Fahrt zu befreundeten Kindern. Er ging um das Auto herum, öffnete die Seitentür und klappte dann das Handschuhfach auf. Er griff nach dem dicksten schwarzen Schreiber, schaute sich um, ob ihn jemand beobachtete und kniete sich vor das Nummernschild am Heck. Aus dem N wurde ein W und aus der Eins eine Vier. Dann zog er sein Jackett über und ging die Autoreihen entlang bis zur Raststätte.

Eine kleine aber breite Treppe führte ins Selbstbedienungsrestaurant. Er ließ die Theke rechts liegen und schritt langsam die wenig besetzten Tische ab. Am hinteren Fenster blieb er stehen und schaute auf den Parkplatz. Sein Wagen war kaum erkennbar. Nicht einmal aus dieser Perspektive. Weigell war mit sich zufrieden. Er drehte sich wieder um und ging zur Theke. Eine Muslimin mit bunten Kopftuch stellte ihm das Kännchen Kaffee aufs Tablett. Er bezahlte an der Kasse am Ende der Selbstbedienungstheke und setzte sich an einen Fensterplatz. Von seinem Sitz aus konnte er den Parkplatz gut überblicken. Es war für ihn selbstverständlich, dass Mike ihm gegenübersaß. Aber er ignorierte ihn und schaute angestrengt grübelnd weiter aus dem Fenster auf den sich langsam füllenden Parkplatz. Irgendwie musste er an ein anderes Auto kommen. Der Blick aus dem Fenster war wie ein Hineinschauen in einen seiner Monitore im Labor. Er beobachtete die Planetenbahnen, machte Notizen, ergänzte Statistiken, trainiert durch jahrzehntelange Routine, ohne einen bewussten Gedanken an seine Tätigkeit zu verlieren. Auch jetzt verloren sich seine Gedanken. Dass er nicht Lehrer werden durfte, hatte er für sich geklärt. Trotzdem fühlte er sich vom Staat betrogen. Er hatte nie sein Leben lang messen wollen, wie schnell, weit und in welchen Bahnen Planeten und sonstige Himmelskörper sich bewegen. Zunehmend empfand er seine Tätigkeit als Belastung, die für ihn absurde Züge angenommen hatte. Nach fünfundzwanzig Jahren spürte er eine Sinnlosigkeit, für die er noch keinen Begriff hatte. Je länger er darüber nachdachte, umso zorniger wurde er. Und im Zorn musste er unweigerlich an die Bedrohung aus dem All denken. Die Angst, die ihn nun beschlich, war die gleiche Angst, die er erfuhr, als sich andeutete, dass keine Lehrer mehr eingestellt werden. Die Angst war an Ohnmacht gekoppelt. Nichts hasste er mehr, als nichts tun zu können, hilflos zu sein, wie ein kleines Kind. So musste es auch damals Sonja gegangen sein, die auch immer Angst vor den Terrorristen hatte, der Baader-Meinhof-Gruppe. Warum dachte er gerade jetzt an sie. Es ist das Restaurant. Es ähnelt dem alten Zoorestaurant aus seiner Jugendzeit, als er und Sonja immer sonntags gekellnert hatten. Er sah alles genau vor sich: Den Chefkoch, der die fertigen Gerichte durch die Tür reichte und jeden Teller kommentierte, was gar nicht nötig war, denn er hatte jeden Teller mit einem Zettel dekoriert, auf dem der Name des Gerichts und die Tischnummer stand. Sonja hatte immer ein Lächeln im Gesicht, wenn sie arbeitete. Sie brauchte auch keine Zettel, sie hatte alle Gäste quasi im Kopf und lief automatisch zu den richtigen Tischen. Sie war fehlerlos. Das hätten mal ihre Lehrer sehen sollen, die sie immer so schlecht benoteten. Als Weigell an die Lehrer dachte, empfand er wieder diesen eigentümlichen Schmerz in der Brust. Er wollte auch Lehrer werden. Aber er wollte es wirklich besser machen als seine eigenen Lehrer und erst recht die von Sonja damals. Weigell spürte wieder seine Tränen hochkommen. Sie waren wieder da, die Schmerzen aus dem Verlust seiner ersten wirklichen Liebe. Dabei hatte er sie doch verlassen. Er erschreckte sich vor den eigenen Gedanken, die ihm jetzt bewusst wurden: Es war letztendlich sein purer Egoismus. Darum hatte er sich damals vorgenommen, nie wieder so zu handeln. Jetzt musste er seine Töchter retten. Wer weiß, was sie mit ihnen anstellen würden, um ihre eigenen Vorteile zu erreichen. Dass Katharina ihn fünfundzwanzig Jahre hintergangen hatte, auf ihn angesetzt war, weil er seiner Frau Geheimnisse aus seiner Forschung erzählen würde. Und noch schlimmer: Er hatte es sogar getan. Trotzdem, die Kinder können ja nichts dafür. Für sie will er alles machen, was möglich ist oder auch unmöglich ist. Ein Duft von gebratenem Fisch durchzog das Restaurant. Weigell hatte schon viele Stunden nichts mehr gegessen. Hunger hatte er trotzdem nicht. Aber der zitronige, fast salzige Duft ließ ihn an Weißwein denken. Er erhob sich und ging die Getränkeauslage ab. Da gab es tatsächlich die kleinen Viertelliter Fläschchen, aber gewaltig überteuert. Der Preis hielt ihn nicht ab, sondern er nahm eine Flasche für sofort und eine für später, man konnte ja nie wissen. Nach der Bezahlung setzte er sich wieder an seinen Fensterplatz. In ein Glas passte genau der gesamte Inhalt einer Flasche. Kalt glitt der Wein an seinem Herzen vorbei. Weigell schloss für einen Augenblick die Augen.

„Amigo". Weigell schaute sich sofort um. Er fühlte eine unfassbare Nähe. Er stoppte das Atmen, um sich besser konzentrieren zu können. Dann pustete er die letzte Luft aus seinem Mund und schmeckte die Säuerlichkeit des trockenen Weines. Einen solchen Wein hatte er einmal mit ihr getrunken. Sie hatte Geburtstag. Siebzehn. Er war bei ihren Pflegeeltern. Ihre Tante hatte friesischen Kartoffelsalat gemacht, mit Bockwürstchen und Senf aus der Tube. Ihr liebenswürdiger Ehemann mit seinem runden nach vorne gewölbten Bauch hatte erklärt, dass eigentlich Bier zum Kartoffelsalat passen würde, aber heute wäre ja ein besonderer Tag, da sollte man sich mal ein gutes Tröpfchen gönnen. Es war das erste Mal, dass er Wein getrunken hatte. Zuhause bei seinen Eltern wurde, wenn überhaupt, nur Bier getrunken. Er mochte es nicht. Vielleicht, weil er seinen Vater ablehnte. Weigell überlegte. Sein Vater war nie sein Vorbild gewesen, eher ein abschreckendes Beispiel. Auch jetzt wollte er sich gar nicht an seinen Vater erinnern. Er dachte wieder an den Moment, als er das erste Mal aus einem Weinglas mit einem dünnen, langen Hals trank und es beim leichten Anstoßen klingelte und der runde Onkel vergnüglich lächelte.

Er hob wieder sein Glas und trank es in einem Zuge aus. Er schaute auf den Parkplatz. Da kam ein schwarzer BMW vorgefahren, hielt genau vor der Treppe zum Restaurant. Ein Mann in einem weißen Hemd, halb hoch gekrempelten Ärmeln und eleganter schwarzer Anzughose, stieg aus dem Auto und rannte direkt zur Treppe. Wenn der mal nicht seinen Schlüssel hat stecken lassen und so eilig, wie er es hat, dachte Weigell, geht der nicht ins Lokal, sondern die Treppe nach unten zur Toilette. Das wäre auch die Sekunde, in der man problemlos den Wagen stehlen könnte. Weigells Problem, ein anderes Auto zu organisieren, schien gelöst. Er brauchte ja nur den richtigen Moment abzuwarten. Und natürlich müsste er unten auf eine derartige Gelegenheit warten. Aber die Lösung hatte er gefunden.

Die Sonne war schon lange untergegangen und hatte auch nicht mehr die Energie, die herannahende Nacht zu verhindern. Die zaghafte Parkplatzbeleuchtung schaltete sich ein. Im Restaurant wurde auch das Licht herunter gedämmt, wie bei dem Start eines A320 die hellen Lichter ausgingen und nur noch die Gänge und Seiten ausgeleuchtet wurden.

Er sah, wie der liebe Onkel von Sonja nachschank und schaute auf sein leeres Glas. Weigell erhob sich wie fremdgesteuert und ging wieder zur Vitrine mit den kleinen Saft-, Wasser und Weinflaschen. Die Bedienung schaute ihn fragend vorwurfsvoll unter ihrem bunten Kopftuch an.

„Ich fahre nicht mehr, ich werde von hier abgeholt", rechtfertigte sich Weigell und kam sich wie ein kleiner Junge vor. Leise Musik hatte eingesetzt. Wieder NDR 2: ´Mathilda` von Harry Belafonte. Seine Lieder wurden schon seit Wochen herauf und herunter gespielt, in diesem Jahr, in dem er ja achtzig Jahre alt wurde. Wenn sie dann noch ´Island in the sun´ bringen, dachte Weigell, dann wird es wieder schmerzhaft. Nein, sie spielten Udo Jürgens, Ich wünsch´ dir Liebe ohne Leiden, zusammen mit seiner Tochter Jenny. Marie-Ann, Ihr Schicksal hatte ihn hierher verschlagen. Er nahm beide Weinflaschen und suchte seinen Fensterplatz. Doch der war mittlerweile von einem Pärchen besetzt. Weigell schaute sich um und entschied sich für die hinterste Ecke, die fast im Dunkel verschwand. Es war nur ein kleiner runder Tisch ohne Dekoration, Aschenbecher gab es schon lange nicht mehr in den Restaurants und auch kein Deckchen verzierte den Tisch. Er musste sich ein neues Glas holen, legte zur Sicherheit sein beiges Jackett über die Stuhllehne und holte sich ein schlankes Weinglas. Er saß nun in der dunkelsten Ecke des Selbstbedienungsrestaurants und überlegte seine nächsten Schritte. Zum Glück saß ihm Mike gegenüber. Er fühlte sich nicht mehr allein. Ihm vertraute er. Er war ja auch dabei, als der Außerirdische vorgestellt wurde. Er schaute Mike direkt in die Augen.

„Komisch, ich bin gar nicht so enttäuscht von Katharina, wie ich es eigentlich hätte sein sollen. Ich habe sie geliebt, natürlich. Ich verzeihe ihr sogar, dass sie eine Spionin war und auf mich angesetzt worden war. Vielleicht hatte sie keine andere Wahl gehabt, war in einer Zwangslage. Aber jetzt weiß ich wenigstens, woran ich bin. Mike, ich muss die Zwillinge vor der Entführung schützen. Lara ist noch in Sicherheit, aber Marie-Ann befindet sich in den Fängen von Katharina. Ist sie schon zu den Außerirdischen übergelaufen? Sie ist autoritätshörig und wenn sie denen geglaubt hat? Sobald sie in Frankfurt gelandet ist, muss ich sie mitnehmen, beide, irgendwie, egal wie."

Er schaute auf die Uhr. Es war kurz vor zwei und zwanzig Uhr. Das Restaurant hatte sich fast geleert. Weigell goss die dritte kleine Flasche mit einer einzigen Drehung aus dem Handgelenk in das leere Weinglas. Die leise Musik hatte sich zur Klassik gewandelt. Noch elf Stunden bis zur Ankunft der Maschine in Frankfurt. Normalerweise meldet sich in einer solchen Situation Kathi. Warum bekam ich schon so lange kein Lebenszeichen mehr von ihr? fragte er sich. Das Handy, das Handy war noch im Auto. Er hatte sich nur kurz erschreckt und sofort beschlossen, zu seinem Auto zu gehen und es zu holen. Er trank das Glas in einem Zuge leer, erhob sich, drehte sich zur Rückenlehne seines Stuhls und hob sein Jackett hoch, um es sich lässig um die Schulter zu werfen. Er wandte sich zum Ausgang und sah, wie sich die breite Glastür nach innen hin öffnete. Ein plötzlicher, kräftiger Druck auf seinen Brustkorb zwang ihn, stehen zu bleiben. Durch die Glastür kam Mike, Mike Morrison. Mit wehenden, schwarzen Haare schritt er zielsicher direkt auf Dr. Weigell zu. Dieser drehte seinen Kopf kurz nach hinten und suchte Mike an seinem Tisch. Aber da saß niemand. Dr. Weigell begann zu rennen und seine Hände verkrampften sich zu Fäusten. Morrison wich ihm aus, aber Weigell rannte noch zwei Schritte weiter an der Selbstbedienungstheke vorbei in Richtung Eingangstür und hieb mit unglaublicher Kraft seine Rechte, in der er noch seinen Schlüssel umkrallt hielt, gegen den Kopf eines Mann, der hinter Morrison durch die Tür gekommen war. Der breitkrempelige weiße Hut, wie man ihn aus den Filmen der zwanziger Jahre kannte, flog in hohem Bogen über die Laufabsperrung direkt auf die bunte Salatauslage. Der Mann um die fünfzig mit leicht ergrautem, kurzem Stoppelhaar stolperte über seinen rechten Fuß, fiel auf die Knie und sackte nach vorne hin zusammen. Weigell stand breitbeinig vor dem niedergestreckten Mann und hob links und rechts seine Fäuste in Hüfthöhe. Er zitterte am ganzen Körper, fühlte aber keine Schmerzen. Er wartete wie versteinert vor dem Mann, ob dieser es noch wagen wollte, wieder aufzustehen.

„Stephan", schrie von hinten Morrison. Weigell spürte, wie Morrison näher kam und drehte sich wie ein Kreisel um und hätte durch die Fliehkraft seiner Arme beinahe auch noch den Kopf von Morrison getroffen. Die Faust rauschte am Kopf vorbei, Morrison ruckte seinen Oberkörper nach hinten und Weigell schaffte eine komplette Pirouette und kam wieder vor Morrison zu stehen. Weigell atmete heftig und über das Gesicht von Morrison hatte sich ein Rot bemächtigt, das im Kontrast zum schwarzen Haar teuflisch auf Weigell wirkte.

„Stephan, Stephan, das ist Dr. Reiner von der Psychiatrie in Bremen, der mich begleitete. Was hast du gemacht? Ich glaube es nicht, fuck!"

Worauf Weigell rief:

„Das ist Herr GABI, du Idiot. Den hättest du erkennen können. Du hast ihn doch in der Konferenz selbst gesehen. Der wird dich auch angelogen haben, ganz sicher. Der hat dich missbraucht, um mich zu kriegen. Er ist sterblich, das ist auch gut so. Ich muss zu den Kindern, Mike!"

Dr. Weigell schrie aus vollem Hals. Als er sich zur Tür wenden wollte, wurde er von mehreren Männern daran gehindert. Sie standen wie eine Phalance von Polizisten, die sich gegen studierende Demonstranten aufgebaut hatte, vor ihm. Sie bildeten nun dicht gedrängt, Schulter an Schulter einen Halbkreis, sodass

Weigell nur noch die Möglichkeit hatte, sich zu Morrison um zudrehen.

„Ich verstehe. Er hat euch alle verzaubert. Ihr seid alle seine Handlanger geworden. Und dir habe ich vertraut. Geh mir aus dem Weg!"

„Stephan, ich muss mit dir reden, Marie-Ann und Lara sind wohlauf!"

„Du kannst mir viel erzählen", antwortete Weigell. Dabei sah er, wie sich zwei Männer zu Herrn GA-BI bückten und sich hinknieten. Diese Situation nutzte er, sprang überraschend für alle Anwesenden mit einem einzigen Satz über die Knienden hinweg, stützte sich dabei auf die Begrenzungsstange vor der Theke und erreichte die zweite Tür, drückte sie nur kurz mit der Schulter auf und rannte die Treppe hinunter ins Freie. Da er keine weiteren Bewacher oder Verfolger sah, suchte er intuitiv in der Reihe der LKW Schutz. Er rannte hinter die Transporter und nahm einen Umweg bis zu seinem Wagen. Er setzte sich hinter das Steuer und startete ohne vorzuglühen. Der Motor sprang tatsächlich sofort an und Weigell fuhr vorsichtig und langsam ohne Licht gerade aus zwischen die Bäume in den Wald. Der Wagen rammte links und rechts an Ästen vorbei, der rechte Seitenspiegel wurde nach hinten umgeknickt und nach wenigen Augenblicken tat sich vor ihm ein erdiger Feldweg auf, der von dem Parkplatz der Raststätte wegführte. Den Wald auf der linken Seite und rechts ein Stoppelfeld ließ er den Wagen möglichst leise und unauffällig den holprigen Feldweg entlang rollen. In den Gipfeln der Silberpappeln hing der Mond, wie ein

Lampignon, der sich in den Ästen verfangen hatte. Hell überstrahlte er das Stoppelfeld und ließ die Zweige in den Bäumen wie Skelette erscheinen. Nur einen einzigen Gedanken ließ Weigell seinem Gehirn zu: So schnell wie möglich weg von hier in Sicherheit, um dann zu überlegen, was zu tun sei. Er bewegte das Lenkrad, um den tiefsten Schlaglöchern auszuweichen, doch der Wagen ruckelte derart, dass Weigell Angst hatte, die Achsen würden der Belastung nicht mehr standhalten. Zudem stieß ihm der saure Wein auf. Sodbrennen setzte ein. Es fehlte nicht viel und Weigell hätte sich übergeben müssen. Der Weg wurde ebener und er fuhr etwas schneller. Doch endlich endete der Feldweg an einer asphaltierten Querstraße. Eine Beschilderung gab es nicht. Weigell hielt den Wagen an und überlegte, welche Richtung er nehmen sollte. Er musste sich entscheiden, rechts oder links. Innerlich schüttelte er seinen Kopf. Ist die wirkliche Frage im Leben, die Frage nach dem Wohin? Das Leben kennt nur einen Weg. Der Weg des Lebens ist die Rückkehr in die Ewigkeit. Er spürte, dass es völlig egal war, welche Richtung er nun einschlug. Er bog gleichgültig rechts ab und fuhr langsam, um noch tiefer nachdenken zu können. Das Licht ließ er ausgeschaltet. Er war mutterseelenallein unterwegs. Sollte er es wagen, nach Frankfurt zum Flughafen zu fahren? Zeitlich würde er es schaffen. Aber hatte das noch einen Sinn? Marie-Ann stand unter dem Einfluss ihrer Mutter. Und Mike, der Verräter, hatte im Restaurant von beiden gesprochen. An den genauen Wortlaut konnte sich Weigell nicht erinnern. Aber es wurde ihm immer deutlicher, dass Mike sich zum

Handlanger des Außerirdischen entpuppt hatte, den er zum Glück KO geschlagen hatte. Bei diesem Gedanken musste Weigell schmunzeln. Eine solche Tat, einen solchen gewaltigen Schlag hatte er sich selbst nicht zugetraut. Jetzt spürte er Schmerzen in seiner rechten Hand. Sie lag auf dem runden Steuerknüppel und blutete.

„Das trocknet an der frischen Luft besser, als wenn ich jetzt aus dem Verbandskasten umständlich ein Pflaster hole und die Wunde versorge. Das wird schon wieder aufhören zu bluten", sprach er zu sich, um sich selbst zu beruhigen.

Er hing weiter seinen Gedanken nach und fühlte sich unwohl, noch kein klares Ziel vor Augen zu haben. Marie-Ann und Katharina waren verloren. Ob Franz-Helmut die Sache überlebt hatte? Weigell empfand ein Bauchgefühl, das er an sich bisher nicht kannte:

„Habe ich konsequent falsch gehandelt? Ich diskutiere doch sonst alles aus. Kommunikation ist mir heilig. Heilig als Atheist! Nein ich glaube nicht, dass ich ihn hätte wieder umdrehen können. Nein, er hatte sich auf die andere Seite geschlagen und war seiner religiösen Autoritätshörigkeit unterlegen".

Er sprach laut, als wenn ihm jemand zuhören würde.

Die Straße machte einen großen Bogen und führte direkt auf eine Kreuzung mit Vorfahrtsschildern zu. ´Friesoythe, Cloppenburg links ab` konnte Weigell erkennen. Das gab ihm zumindest eine lokale Orientierung. Er bog links ab. Die Straße hatte einen Mittelstreifen, war breiter und ließ eine höhere Geschwindigkeit zu. Von Cloppenburg wird es sicherlich Hinweise auf eine Autobahn geben, dachte Weigell. Bis jetzt hatte er sich geweigert, sich ein Navi zuzulegen. Er entschloss sich, zurück zu fahren, nach Hause, zu Larissa, sie unter seinen Schutz zu nehmen und sich der Konfrontation mit Katharina zu stellen. Er wunderte sich über sich selbst, diesen Mut aufzubringen. Im gleichen Zuge kroch in ihm wieder eine undefinierbare Angst hoch. Man wird ihn verfolgen, ihn jagen und vielleicht schon zuhause erwarten. Die sind ja auch nicht blöd. Seine Gedanken überschlugen sich. Die Straße verließ die Wiesen und Felder und zwängte sich in ein Waldgebiet. Achtung Wildwechsel.

„Das Handy", rief er in die Stille, griff mit der blutigen Hand zum Handschuhfach, wobei er sich weiter herüber bücken musste, um ans Handschuhfach zu gelangen. Ein gewohnter Klick und der Sicherheitsgurt schnellte aus der Klemme. Nun kramte er im Handschuhfach zwischen den Filzstiften, Taschentüchern, Batterien und Schraubenschlüsseln nach dem Handy. Als er das alte Handy endlich in der Hand hielt, schaute er es sich noch einmal an, kurbelte das Seitenfenster herunter und warf es hinaus.

„Frei, frei, endlich frei", rief er.

„Jetzt könnt ihr Maulwürfe orten! Ich fahre nicht zurück. Ich fahre einfach weg! Egal wohin, so wie früher!"

Weigell empfand eine tief verschüttete Freude und Aufgeregtheit.

„Amigo".

Er wollte sich umdrehen. Riesig aufgerissene Augen eines Rehs starrten ihn direkt vor der Windschutzscheibe erschrocken an.

Kapitel 19

Weigell vernahm Stimmen ohne Wörter. Langsam und sehr vorsichtig öffnete er seine Augen. Grelles Licht blendete ihn. Es dauerte Minuten oder länger, bis er sich an diese unnatürliche Helligkeit gewöhnt hatte und die Augen nicht mehr schmerzten. Er konnte seinen Kopf nicht bewegen. Sein ganzer Körper gehorchte nicht mehr seinen Wünschen. Nur seine Augen folgten noch seinem Befehl. Er bewegte sie nach links, soweit es irgendwie möglich war und erblickte Personen, Gesichter, Larissa, Marie-Ann, Katharina und dann einen Kopfverband mit den Augen von Franz-Helmut und jemanden mit schwarzen, langen Haaren und er roch amerikanisches Parfüm. Dann verschwammen alle Gesichter. Das Licht tat nicht mehr weh und es wurde noch viel heller und heller.

Sein Körper wurde leicht und fing an zu schweben.

„Sonja. Ich bin zurück. Ich bleibe nun ewig bei dir…"

Weitere Literaturempfehlungen:

Wie ich der Dialyse entkam …

Von Dieter Reinecker

Die Biografie einer Selbstheilung

152 Seiten

19,95 €

Herstellung und Verlag:

BoD – Book on Demand, Norderstedt

ISBN: 978-3-7322-8145-9

Siehe auch in:

www.youtube.de unter Dieter Reinecker

www.wie-ich-der-dialyse-entkam.jimdo.com

Lass dich nicht verbiegen!

Lass dich nicht brechen!

Von Beate Reinecker

Ratschläge & Ermutigungen

aus der praktischen Philosophie

438 Seiten

Verlag: Auf der Warft

ISBN: 9-783939-211860

19,80 €

Bestellung über: www.buchhandel.de

Siehe auch: www.beate-reinecker.jimdo.com

Lass dich nicht verbiegen!

Lass dich nicht brechen!

Klappentext:

Die Autorin Beate Reinecker beschreibt die Notwendigkeit einer Befreiung, einer Metamorphose, eines "big change", einer neuen Vision des Menschseins. In dem Buch geht es um den Verlust von Empathie, solidarischem Handeln und Selbstbestimmung. Sie möchte Mut machen, zur Selbstreflexion und Veränderung, mahnt zu humanem Handeln und zur Übernahme demokratischer Verantwortung und warnt zugleich vor Selbstentfremdung.

Zur Autorin:

Beate Reinecker, 1959 in Essen geboren, studierte Philosophie und Germanistik in Münster. Sie ist Mutter von zwei erwachsenen Kindern. Sie entwickelte eine eigene Methode, die subtilen Impulse philosophischer Ideen durch Malerei und Collage aufzuladen, um diese anschließend in Texten zu verarbeiten. Eine Auswahl ihrer Bilder erschien 2010 unter dem Titel „Flammendes Ich".